A MÁGICA DA ARRUMAÇÃO

MARIE KONDO

A MÁGICA DA ARRUMAÇÃO

A arte japonesa de colocar ordem na sua casa e na sua vida

SEXTANTE

Título original: *Jinsei Ga Tokimeku Katazuke No Maho*

Edição original japonesa publicada por Sunmark Publishing, Inc., Tóquio.
Direitos de tradução para português e inglês negociadas com Sunmark Publishing, Inc., por meio da InterRights, Inc., Tóquio, Japão, Waterside Productions Inc., CA, EUA e Agência Literária Riff, Brasil.

tradução: Marcia Oliveira
preparo de originais: Alice Dias
revisão: Ana Grillo, Carolina Rodrigues e Juliana Souza
diagramação: Valéria Teixeira
capa: Retina 78
impressão e acabamento: Associação Religiosa Imprensa da Fé

CIP-BRASIL. CATALOGAÇÃO NA PUBLICAÇÃO
SINDICATO NACIONAL DOS EDITORES DE LIVROS, RJ

K85m Kondo, Marie

A mágica da arrumação / Marie Kondo; tradução de Marcia Oliveira; Rio de Janeiro: Sextante, 2016.
112 p.; 14 x 21 cm; ed. popular.

Tradução de: Jinsei ga tokimeku katazuke no maho
ISBN 978-85-431-0333-4

1. Feng-Shui. I. Título.

16-29741 CDD: 133.333
CDU: 133.3

Rua Voluntários da Pátria, 45 – Gr. 1.404 – Botafogo
22270-000 – Rio de Janeiro – RJ
Tel.: (21) 2538-4100 – Fax: (21) 2286-9244
E-mail: atendimento@sextante.com.br
www.sextante.com.br

SUMÁRIO

Prefácio

Alguma vez você já fez o maior esforço para arrumar sua casa ou seu escritório e, pouco depois, viu tudo se transformar numa grande bagunça novamente? Então deixe-me compartilhar o segredo do sucesso quando o assunto é organização. Neste livro, vou ensinar um método de arrumação que pode mudar sua vida. Não acredita? Essa é uma reação comum e não me surpreende, pois quase todo mundo já passou pela experiência de arrumar tudo e depois ver seu trabalho ir por água abaixo.

O Método KonMari é uma maneira simples, inteligente e eficaz de eliminar a bagunça de vez. Comece descartando coisas. Em seguida, organize o ambiente inteiro, completamente, de uma só vez. Se você adotar essa estratégia, a desordem nunca mais voltará a se instalar.

Embora o método contradiga o senso comum, todos aqueles que o aplicaram conseguiram manter a casa em ordem e obtiveram resultados surpreendentes. Ter uma casa bem-arrumada influencia positivamente todos os aspectos da vida – inclusive o trabalho e as relações familiares. Dediquei quase 80% da minha vida a este assunto, portanto *sei* que organizar a casa pode transformar a sua vida também.

Parece bom demais para ser verdade? Se sua ideia de arrumação é livrar-se de um item desnecessário por dia ou "atacar" uma parte do cômodo de cada vez, bem, você não está errado. Mas isso não vai fazer muita diferença em sua vida. No entanto, se usar o método que ensino aqui, a organização da casa produzirá um impacto profundo em você.

Comecei a me interessar por revistas femininas sobre assuntos domésticos aos 5 anos e foi isso que me inspirou, a partir dos 15, a me dedicar seriamente ao estudo de métodos para arrumar e organizar ambientes, o que resultou no Método KonMari (KonMari é meu apelido, que junta meu nome e meu sobrenome). Hoje sou consultora e passo a maior parte do tempo visitando casas e escritórios, dando conselhos práticos para aqueles que querem acabar com a bagunça mas não sabem por onde começar.

A quantidade de itens de que meus clientes se desfizeram – entre roupas, fotografias, canetas, recortes de jornal, amostras de maquiagem, etc. – ultrapassa facilmente a marca de um milhão. Sem exagero. Já ajudei clientes que, sozinhos, jogaram fora 200 sacos de lixo de 45 litros em um único dia.

A partir do meu conhecimento sobre a arte da organização e da minha vasta experiência em ajudar pessoas desorganizadas a mudar, posso afirmar sem sombra de dúvida: uma reformulação drástica na casa provoca mudanças igualmente drásticas em seu estilo de vida. É transformador.

Só para você ter uma ideia do que estou falando, veja alguns dos depoimentos que recebi dos meus clientes:

"Depois que participei do seu curso, pedi demissão e abri meu próprio negócio, algo com que sonhava desde a infância."

"O curso me fez enxergar as coisas de que eu precisava e que não precisava. Então descobri que não precisava do meu marido e me divorciei."

"Desde que organizei meu apartamento, consegui aumentar consideravelmente as vendas na minha loja."

"Com a casa organizada, meu marido e eu passamos a nos dar muito melhor."

"É impressionante constatar como o simples fato de jogar algumas coisas fora me fez mudar tanto."

"Finalmente consegui emagrecer três quilos."

Meus clientes sempre ficam entusiasmados com a mudança e comprovam que organizar a casa resulta em uma nova maneira de pensar e de viver. Na verdade, eles mudam o próprio futuro. Por quê? Esta pergunta é respondida em detalhes ao longo do livro, mas, resumidamente, é o seguinte: quando você põe a casa em ordem, também organiza suas questões e seu passado. A consequência é que você passa a distinguir com mais clareza o que é essencial e o que é inútil, assim como o que deve e o que não deve fazer.

Atualmente, dou cursos para clientes em domicílio e para empresários no escritório. São sempre aulas particulares, para uma só pessoa. No momento há uma lista de espera de três meses, e diariamente recebo novas solicitações de pessoas que ouviram falar do método ou que receberam indicação de algum cliente meu. Dou palestras em todo o Japão, minha terra natal, e às vezes até no exterior. Em uma das palestras que ministrei para mães e donas de casa, os ingressos esgotaram em um dia. Havia uma lista de espera para o caso de haver desistências, e uma lista de espera da lista de espera! No entanto, o número de pessoas que repetem o curso é *zero*. Do ponto de vista empresarial, esse poderia ser um erro fatal. Mas e se o fato de ninguém precisar repetir o curso for justamente a prova da eficácia do meu programa?

Como mencionei anteriormente, quem usa o Método KonMari nunca mais volta a ser desorganizado. Ou seja, a pessoa consegue manter os ambientes em ordem e, portanto, não precisa de mais aulas. De vez em quando pergunto a ex-alunos como estão indo. Quase todos me relatam que sua casa e seu escritório não apenas permanecem arrumados, como estão em constante melhoria. Pelas fotografias que me enviam, percebo que hoje eles têm menos objetos do que na ocasião em que terminaram o curso e que compraram móveis novos. Estão rodeados somente de coisas que adoram.

Por que afirmo que meu curso transforma as pessoas? Porque meu método não se resume a aplicar uma "técnica". A organização compreende uma série de ações simples a partir das quais objetos são deslocados de um lugar para outro. Isso significa colocar as coisas em seus devidos lugares. Parece tão básico que até uma criança poderia fazer. Mas a maioria das pessoas não consegue. Pouco tempo depois da arrumação, tudo fica bagunçado de novo. Não é por incapacidade, e sim pela falta de conscientização e de habilidade para organizar com eficiência. Em outras palavras: a raiz do problema está na sua mente. O sucesso depende 90% da sua forma de pensar. Alguns poucos felizardos parecem possuir uma facilidade natural para a organização, mas o resto de nós, se não prestar atenção, tende a voltar a acumular coisas desnecessárias, independentemente da quantidade de itens que descartou.

Então como mudar a forma de pensar? Há somente um jeito: usando a técnica correta. Lembre-se de que o Método KonMari não é uma mera enumeração de regras sobre como separar, arrumar e descartar objetos. Trata-se de um guia que ensina as pessoas a se tornarem organizadas.

É claro que nem todos os meus alunos se tornaram mestres da arrumação. Infelizmente, alguns não completaram o curso e outros desistiram porque pensavam que eu faria o trabalho por eles. Como organizadora profissional, posso afirmar que, por mais que me esforce para arrumar o espaço de outra pessoa, por melhor que seja o meu sistema de arrumação, nunca conseguirei colocar a casa de alguém em ordem no verdadeiro sentido da expressão. Por quê? Porque a conscientização da pessoa e seu estilo de vida são infinitamente mais importantes do que qualquer habilidade para organizar coisas. A arrumação depende de valores pessoais ligados ao modo como cada um deseja viver.

Todo mundo gosta de estar num ambiente arrumado – mas nem todos acreditam que seja possível mantê-lo assim. No entanto, estou convencida de que qualquer pessoa é capaz de manter seu espaço em ordem. Para isso, é fundamental rever seus hábitos e suas convicções. À primeira vista pode parecer trabalhoso, mas não se preocupe: ao terminar de ler este livro, você se sentirá preparado e disposto. Costumo ouvir coisas como "Sou bagunceiro por natureza", "Não consigo" ou "Não tenho tempo". Mas a desorganização não é um traço genético e não tem nada a ver com falta de tempo; é o resultado de crenças equivocadas sobre a organização, como estas: "É melhor arrumar um cômodo por vez", "O certo é fazer um pouco a cada dia" ou ainda "A arrumação das coisas deve começar por onde há mais circulação na casa".

No Japão, as pessoas acreditam que manter o quarto e o banheiro brilhando traz sorte. Mas, se sua casa estiver bagunçada, polir a pia do banheiro não vai ter nenhum efeito. A prática do *feng shui* funciona assim também: apenas quando toda a casa está em ordem é que os móveis e objetos exercem seu poder.

Quando você tiver terminado o processo de organização, sua vida vai mudar. Depois de conhecer a sensação de ter uma casa arrumada, seu mundo parecerá melhor e você não voltará mais à bagunça. É isso que chamo de "mágica da arrumação". Os efeitos são impressionantes. Você não apenas deixará de ser desorganizado; terá, na verdade, um novo começo na vida. Minha intenção é compartilhar essa mágica com o maior número de pessoas possível.

CAPÍTULO 1

POR QUE NÃO CONSIGO MANTER MINHA CASA ORGANIZADA?

Quem nunca aprendeu a organizar não tem como fazê-lo

Quando digo que meu trabalho é ensinar a arte da organização, normalmente recebo olhares de espanto. "Você ganha dinheiro fazendo isso?" é a primeira pergunta que escuto, geralmente seguida de: "As pessoas realmente precisam de aulas para aprender a organizar as coisas?"

Bem, se voltarmos um pouco no tempo e pensarmos na nossa infância, tenho certeza de que quase todos nós fomos repreendidos por não arrumar o quarto. Mas quantos pais pararam para ensinar os filhos a limpar e arrumar? Um estudo sobre esse tema revelou que menos de 0,5% dos entrevistados respondeu afirmativamente à pergunta: "Você já estudou organização de maneira formal?" Nossos pais nos mandavam arrumar o quarto, mas eles mesmos nunca aprenderam a fazer isso.

Alimentação, vestuário e moradia são necessidades humanas básicas, portanto o aspecto do lugar onde moramos deveria ser considerado tão importante quanto o que comemos e o que vestimos. Contudo, a organização da casa – aquilo que a torna habitável – é completamente ignorada, devido à ideia equivocada de que a habilidade de arrumar e organizar é adquirida pela experiência e, portanto, não precisa ser ensinada.

Nem sempre aqueles que têm mais experiência em arrumar a casa são os que a organizam melhor. Por exemplo, 25% dos meus clientes são mulheres na faixa dos 50 anos e donas de casa há quase 30, o que, teoricamente, faz delas verdadeiras veteranas. Mas será que isso significa que elas arrumam as coisas melhor do que as jovens de 20 e poucos anos? Não. Em geral, ocorre o contrário, pois elas passaram tantos anos usando métodos convencionais ineficazes que vivem lutando (em vão) para manter a bagunça sob controle. Como se pode esperar que saibam organizar a casa de forma eficiente se ninguém jamais lhes ensinou como fazê-lo?

Se você se vê nessa mesma situação, não desanime. Chegou a hora de aprender. Aplicando o Método KonMari, você escapará do círculo vicioso da bagunça.

Arrume direito e de uma só vez

"Quando a casa está muito bagunçada, eu arrumo tudo, mas logo depois ela fica toda desorganizada de novo." Esta queixa é frequente, e os conselhos das revistas femininas costumam ser algo como: "Não tente arrumar a casa toda de uma vez só. O melhor é arrumar um pouco a cada dia." Ouvi essas palavras pela primeira vez quando tinha 5 anos. Filha do meio de três irmãos, cresci com grande liberdade. Minha mãe estava sempre ocupada cuidando da caçula, e meu irmão, dois anos mais velho que eu, passava o dia todo com a cara grudada na TV ou jogando video game. Então, eu ficava a maior parte do tempo em casa sozinha.

Quando cresci, meu passatempo preferido era ler revistas para donas de casa. Minha mãe assinava uma revista de estilo de vida repleta de artigos sobre decoração de interiores, dicas para facilitar o serviço doméstico e resenhas de produtos. Assim que a revista chegava, eu ia buscá-la na caixa de correio antes que minha mãe percebesse. No caminho de volta da escola, gostava de passar na livraria para folhear a *Orange Page*, uma revista de culinária popular no Japão. Às vezes não entendia todas as palavras, mas achava aquelas publicações – com suas fotos de comidas que pareciam deliciosas, dicas infalíveis para remover manchas e ideias incríveis para economizar uns trocados – tão fascinantes quanto o video game era para meu irmão.

Eu sonhava em experimentar todas aquelas dicas. Assim, criei diversas atividades para colocar em prática tudo o que eu havia aprendido. Um dia, por exemplo, após ler um artigo sobre como economizar dinheiro, dei início a um "jogo" solitário, que incluía zanzar pela casa tirando da tomada os fios dos aparelhos que não estavam sendo usados, embora eu não entendesse nada de medidores de consumo de energia. Artigos sobre arrumação me inspiraram a fazer divisórias de gavetas utilizando caixas de leite vazias e um porta-cartas com caixas velhas de fitas de videocassete. Na escola, enquanto as outras crianças brincavam de pique, eu ia arrumar as prateleiras de livros da sala ou verificar o conteúdo do armário onde guardavam as vassouras, sempre pensando que os métodos de arrumação adotados eram muito ruins.

No entanto, havia um problema que parecia insolúvel: por mais que eu arrumasse, não demorava muito e tudo ficava bagunçado novamente. Os pedaços de caixas de leite logo eram cobertos por itens que não deveriam estar ali, e as caixas de cartas ficavam abarrotadas, cheias de papéis que caíam pelo chão. Na culinária e na costura, a prática leva à perfeição, mas isso não é verdade quando o assunto é arrumação. Apesar de também ser uma tarefa doméstica, a organização bem-feita não se aprende com a prática.

Naquela época, eu pensava: "Não há como evitar. Tudo volta ao que era antes." Se tivesse uma máquina do tempo agora, eu retornaria ao passado e diria a mim mesma: "Errado. Se você usar a estratégia correta, a bagunça nunca voltará."

Costumo chamar o retorno à bagunça de "efeito rebote". Essa expressão geralmente é associada ao uso de medicamentos, quando um remédio acaba causando o efeito oposto ao esperado, ou às dietas de emagrecimento, quando a pessoa volta a engordar depois de perder alguns quilos. Usado no contexto da organização, o termo tem um sentido semelhante. Parece lógico que uma redução drástica na bagunça possa ter o mesmo efeito de uma redução radical das calorias – um resultado rápido, mas que não se sustenta por muito tempo.

No momento em que você começa a se desfazer de coisas e a mudar os móveis de lugar, o ambiente muda. É bem simples. Se realmente fizer um esforço para colocar a casa em ordem, terá feito uma arrumação completa. O efeito rebote acontece porque as pessoas acreditam que arrumaram absolutamente tudo, quando na verdade apenas guardaram as coisas. Organizar é mais que isso. Se você fizer da maneira certa, conseguirá manter o ambiente em ordem para sempre.

Arrume um pouco a cada dia e acabará fazendo isso para sempre

O que você acha da ideia de arrumar um pouco por dia? Parece razoável, não é? Mas não se deixe iludir. A razão de você nunca conseguir acabar com a bagunça é justamente o fato de arrumar um pouco de cada vez.

Mudar os hábitos adquiridos ao longo dos anos é extremamente difícil. Não dá para fazer isso sem antes modificar a forma de pensar – o que também não é nada fácil. Há, no entanto, uma maneira de transformar seu ponto de vista sobre a organização.

Esse tema chamou minha atenção pela primeira vez quando eu estava no ensino fundamental. Descobri um livro intitulado *The Art of Discarding* (A arte de descartar), de Nagisa Tatsumi, que explicava a importância de se desfazer das coisas. Fiquei intrigada com o assunto, e ainda me lembro da emoção que senti ao lê-lo no trem, na volta da escola; fiquei tão compenetrada que quase esqueci de descer na minha estação! Ao chegar em casa, fui direto para o meu quarto carregando um monte de sacos de lixo, e fiquei trancada lá por horas. Embora o quarto fosse pequeno, quando terminei tinha oito sacos de lixo cheios - de roupas que nunca usava, livros do jardim de infância, brinquedos com os quais não brincava havia anos, a coleção de borrachas e de selos. Eu nem me lembrava da existência de muitas daquelas coisas. Fiquei quase uma hora sentada, sem me mexer, olhando para a pilha de sacos e me perguntando: "Por que será que guardei tudo isso?"

O que mais me chocou, porém, foi constatar que meu quarto estava completamente diferente. Em poucas horas, passei a ver partes do chão que nunca tinham ficado expostas. O ar parecia estar mais fresco, o ambiente clareou e até minha mente pareceu desobstruída. Foi ali que me dei conta de que a organização tinha um impacto maior do que jamais imaginara. Maravilhada com a significativa mudança do meu quarto, minha atenção se voltou de forma ainda mais focada para a arte da arrumação.

A organização promove resultados visíveis. O maior segredo do sucesso é: se você arrumar tudo de uma vez só, em vez de fazer isso aos poucos, pode mudar radicalmente sua maneira de pensar. Esse método influencia suas emoções e seu estilo de vida. Livrar-se de toda a bagunça quando iniciar a maratona de arrumação é vital para evitar o efeito rebote.

Quando as pessoas falham é porque não conseguiram mudar de postura. Mesmo que estivessem inspiradas no início, não conseguiram manter a motivação ao longo do processo e seus esforços foram por água abaixo. A raiz do problema está no fato de que não foram capazes de enxergar os resultados nem sentir seus efeitos. É exatamente por isso que é necessário obter resultados palpáveis de imediato. Aplicando o método correto e concentrando seus esforços na eliminação completa da bagunça num curto período de tempo, você verá resultados instantâneos que lhe darão força para manter tudo em ordem para sempre.

Busque a perfeição sim!

"Não busque a perfeição. Comece devagar e se desfaça de apenas um item por dia." Que belas palavras para aliviar o coração daqueles que não confiam na própria capacidade de organização ou que acreditam não ter tempo suficiente para executar a tarefa adequadamente! Vi esse mesmo conselho em todos os livros que li sobre o assunto e acabei caindo na armadilha. Se jogasse fora um item por dia, ao final de um ano eu teria descartado 365 itens. Parecia promissor.

Convencida de que tinha descoberto um método muito prático, decidi colocá-lo em ação. Abri o guarda-roupa de manhã me perguntando o que jogaria fora naquele dia. Ao ver uma camiseta que não usava mais, eu a coloquei num saco de lixo. No dia seguinte, antes de ir dormir, abri a gaveta da escrivaninha e vi um livro que me pareceu infantil demais e o coloquei no saco. Na mesma gaveta encontrei um bloquinho de que não precisava mais; então, quando fui pegá-lo para jogar fora, pensei: "Posso deixar para fazer isso amanhã." No dia seguinte, esqueci completamente e então um dia depois joguei dois itens fora...

Vou ser honesta: isso não durou nem duas semanas. Não sou o tipo de pessoa que gosta de dar um passo de cada vez. Para gente como eu, que espera a véspera do último dia do prazo para executar uma tarefa, essa abordagem não funciona. Além disso, descartar um objeto por dia não era nenhuma vantagem, considerando que, quando eu ia ao shopping, comprava vários itens de uma vez. Em suma, o ritmo em que eu diminuía a quantidade de itens não acompanhava o ritmo em que eu adquiria coisas novas. Assim, tive que encarar o fato desanimador de que meu quarto continuava uma bagunça.

Posso afirmar por experiência própria que sua casa nunca vai ficar organizada se você não se entregar por inteiro. Se, assim como eu, você não é do tipo diligente e perseverante, recomendo que esqueça suas antigas crenças durante um tempo e busque a perfeição apenas desta vez. Sei que você vai dizer que a perfeição não existe, que é um objetivo inatingível. Mas não se preocupe, pois, no fundo, organizar é uma atividade muito simples. O trabalho envolve basicamente duas ações: decidir se vai ou não jogar algo fora, e depois definir onde guardá-lo. Se você é capaz de fazer essas duas coisas, pode sim alcançar a perfeição. Você só precisa olhar para um item de cada vez e pensar no que fazer com ele.

Não é difícil arrumar com perfeição. Qualquer um pode fazer isso e essa é a única solução se você quiser evitar o efeito rebote.

Assim que começar, sua vida vai mudar

Já aconteceu com você de, na véspera de uma prova, não conseguir estudar e começar a arrumar a casa freneticamente? Comigo já. Com frequência, na verdade. Eu de repente resolvia guardar todas as apostilas que cobriam a escrivaninha, depois partia para os livros e papéis espalhados pelo chão e os arrumava na estante. Por fim, abria a gaveta e começava a organizar canetas e lápis. Quando me dava conta, já estava de madrugada. Dormia um pouco, pulava da cama às cinco da manhã e começava a estudar.

Eu achava que a necessidade de fazer arrumações na véspera de uma prova era maluquice minha, porém, após conhecer várias pessoas que tinham o mesmo hábito, percebi que se tratava de um comportamento comum. Muitas pessoas sentem a necessidade de limpar e arrumar quando estão sob pressão. Mas isso não ocorre porque desejam arrumar o quarto, e sim porque precisam colocar "outra coisa" em ordem. O cérebro está clamando por estudo, mas quando vê o ambiente bagunçado muda o foco para "Preciso arrumar o quarto". A confirmação dessa teoria é o fato de que, passado o momento de crise, a necessidade de organização sai de cena. No meu caso, depois de feita a prova, a obsessão pela limpeza se dissipava e a vida voltava ao normal. Por quê? Porque o problema a ser enfrentado – estudar para a prova – tinha sido "varrido".

Arrumar o quarto não vai acalmar sua mente. Pode até proporcionar certo alívio, mas isso não vai durar muito, porque você não enfrentou a verdadeira causa da sua ansiedade. Se você se deixar enganar por esse conforto temporário que a arrumação do espaço físico lhe traz, nunca irá reconhecer que precisa limpar seu espaço psicológico. Foi assim comigo. Distraída pela "necessidade" de arrumar meu quarto, demorava tanto para começar a estudar que minhas notas eram sempre péssimas.

Pense num quarto bagunçado. Ele não se desarruma sozinho. Você é quem faz a bagunça. Há um ditado que diz que um quarto desorganizado reflete uma mente desorganizada. Vejo essa questão da seguinte maneira: quando um cômodo fica desarrumado, a causa é mais do que física. A desorganização visível serve para nos distrair do verdadeiro motivo da desordem. Tente descobrir o que o está incomodando. Analise o que você está sentindo. Você acabará identificando as questões que inconscientemente vem evitando e será forçado a lidar com elas. Quando iniciar a arrumação, vai se sentir inspirado a fazer ajustes em sua vida – e é aí que ela vai começar a mudar. É por isso que você deve se dedicar à tarefa de colocar a casa em ordem rapidamente, para ter a chance de enfrentar as questões que de fato são importantes. A organização é uma ferramenta, não o objetivo final. Sua meta deve ser adotar um novo estilo de vida assim que sua casa estiver organizada.

Especialistas em arrumação são acumuladores

Qual é a primeira dificuldade que vem à sua cabeça quando você pensa em organização? Para muitos, a resposta é onde guardar as coisas. Meus clientes vivem me perguntando isso. Eu entendo que tenham essa dúvida, pois já me questionei o mesmo. Mas descobri que a grande armadilha desse pensamento está na palavra "guardar". As dicas de organização em geral vêm acompanhadas de frases de efeito que fazem tudo parecer simples, como "Organize seu espaço em pouquíssimo tempo". É da natureza humana optar pelo caminho mais fácil, e normalmente recorremos a estratégias que prometem acabar com a bagunça aparente de forma rápida.

Eu já fui seduzida por esse mito várias vezes. Toda vez que conhecia uma nova dica de arrumação, queria experimentá-la imediatamente. Usava caixas de lenços de papel vazias para guardar itens pequenos e quebrava meu cofrinho para comprar produtos legais que ajudariam na organização. Eu enchia meu quarto com essa parafernália toda e depois admirava meu trabalho, orgulhosa por colocar tudo em seus devidos lugares.

Quando finalmente acordei para a realidade, percebi que meu quarto ainda não estava arrumado, embora estivesse repleto de racks para revistas, prateleiras para livros, divisórias de gavetas e toda espécie de itens para organização. Eu me perguntei: "Por que meu quarto continua bagunçado apesar de todo o meu esforço para guardar as coisas?" Desencantada, analisei o conteúdo de todos esses compartimentos e tive uma revelação. Eu não precisava da maioria daquelas coisas. Acreditava que havia organizado o ambiente, mas a verdade é que eu tinha apenas perdido tempo tirando a bagunça de vista. Foi como se eu tivesse simplesmente escondido aquilo que não servia para nada. Tirar as coisas do campo de visão cria a ilusão de que a bagunça foi eliminada, mas logo logo os compartimentos voltam a ficar cheios e o quarto fica desorganizado novamente. É por isso que a organização deve ser iniciada pelo descarte. Precisamos exercitar o autocontrole e resistir à tentação de guardar os objetos até que tenhamos identificado aqueles de que realmente necessitamos.

Separe por categoria, não por localização

Como já disse, comecei a estudar organização com afinco quando estava no ensino fundamental, e esse estudo consistia basicamente em praticar. Todos os dias eu escolhia um cômodo para arrumar – o meu quarto, o do meu irmão, o da minha irmã, o banheiro. A cada dia planejava que lugar ia limpar e criava grandes campanhas para mim mesma, como "Todo dia 5 é Dia da Sala de Estar!", "Hoje é o Dia da Despensa", "Amanhã dominarei os armários do banheiro!".

Mantive esse hábito mesmo depois de passar para o ensino médio. Ao chegar em casa, ia direto para o cômodo da vez sem sequer tirar o uniforme da escola. Se meu alvo eram as gavetas do banheiro, eu esvaziava o conteúdo de uma delas – que incluía amostras de maquiagem e perfumes, sabonetes, escovas de dente e lâminas de barbear –, separava tudo por categoria, arrumava em caixas e colocava a gaveta de volta no armário. Por fim, admirava a arrumação tão bem-feita e partia para a gaveta seguinte. Passava horas sentada no chão separando os itens que estavam guardados no armário até minha mãe me chamar para jantar.

Um dia, estava arrumando uma das gavetas do armário do corredor e fiquei confusa: o conteúdo parecia o da gaveta do banheiro, que eu havia organizado no dia anterior. Ela estava em outro cômodo, porém guardava as mesmas coisas – amostras de maquiagem e perfumes, sabonetes, escovas de dente e lâminas de barbear. Comecei a separar os itens por categoria, organizar tudo em caixas e colocar de volta na gaveta, exatamente como tinha feito no banheiro. Foi então que compreendi: organizar a casa usando a localização como critério era um erro grave.

Muitas pessoas se surpreendem ao saber que essa técnica aparentemente viável é uma armadilha muito comum. A raiz do problema reside no fato de que as pessoas guardam a mesma coisa em mais de um lugar. Para evitar essa situação, minha recomendação é organizar tudo por categoria. Por exemplo, em vez de decidir que hoje você vai arrumar determinado cômodo, estabeleça metas como "roupas hoje, livros amanhã". Uma das principais causas da desorganização é ter coisas demais, e o motivo desse excesso é justamente ignorar a quantidade de itens repetidos que possuímos. Se você guarda objetos do mesmo tipo em lugares diferentes e arruma um cômodo de cada vez, nunca terá uma dimensão real da quantidade de itens iguais que possui. Para evitar isso, organize por categoria e não por localização.

Não mude o método para adaptá-lo à sua personalidade

Livros sobre organização normalmente nos fazem acreditar que a causa da bagunça varia de pessoa para pessoa e que cada um deve encontrar o método que mais se adeque à sua personalidade. À primeira vista, o argumento é convincente e nos leva a concluir: "Então é por isso que não consigo manter a casa arrumada. O método que uso não combina com meu jeito de ser." Ou seja, teoricamente poderíamos escolher entre as técnicas específicas para preguiçosos, ocupados, exigentes ou desleixados aquela que melhor nos representasse.

Houve uma época em que separei os métodos de organização em categorias, de acordo com tipos diferentes de personalidade. Li obras de psicologia, questionei meus clientes a respeito de seu tipo sanguíneo, da personalidade de seus pais, de sua data de nascimento, etc. Passei mais de cinco anos analisando minhas descobertas, na busca pelo princípio universal que governa o método ideal para cada tipo de personalidade. Acabei descobrindo que isso não fazia o menor sentido. Quando se trata de organizar, as pessoas são preguiçosas e ocupadas. A maioria delas é exigente em relação a algumas coisas e não tanto em relação a outras. Ao avaliar as categorias de personalidade que eu havia criado, percebi que eu mesma me encaixava em todas elas. Então como poderia classificar as outras pessoas?

Quando comecei a prestar consultoria, trabalhei arduamente para dividir meus clientes em categorias e adaptar meus serviços a cada uma delas. Ao olhar para trás, vejo que acreditava que isso me faria parecer mais profissional. Agora sei, no entanto, que faz muito mais sentido classificar as pessoas por suas ações do que por seus traços de personalidade.

Assim, depois de muitos erros e acertos, consegui chegar a três grandes grupos: as pessoas do tipo "não consigo jogar fora", as do tipo "não consigo colocar de volta no lugar" e as que são uma combinação de ambos. Avaliando meus clientes, me dei conta de que 90% deles estavam na terceira categoria – "não consigo jogar fora nem colocar de volta no lugar".

O que pretendo deixar claro é que a organização sempre deve ser iniciada pelo descarte. O meu método é o mesmo para todo mundo. A forma como transmito as informações e o uso que cada cliente faz delas variam, naturalmente, pois cada indivíduo é único. Mas o segredo para a organização eficiente é imutável: descartar itens desnecessários e decidir onde guardar o que sobra.

Faça da organização um acontecimento especial

Costumo começar minhas palestras dizendo o seguinte: a organização é um acontecimento especial e deve ser encarada como tal. Em geral, essa afirmação provoca uma onda de silêncio e surpresa. Ainda assim, repito: o trabalho de organização deve ser completado no menor tempo possível, como uma maratona.

Quem imagina que organizar é uma tarefa interminável que precisa ser realizada aos poucos está seriamente equivocado. Há dois tipos de organização: a "diária" e a "organização como evento especial". A arrumação diária, que consiste em usar algo e depois colocá-lo de volta em seu devido lugar, sempre fará parte da nossa vida enquanto usarmos roupas, livros, papéis, etc. Mas o objetivo deste livro é inspirar você a encarar o "acontecimento especial" de colocar sua casa em ordem rapidamente.

Se você conseguir desempenhar essa tarefa, que deve ser feita uma vez na vida, poderá aproveitar um ambiente bem organizado para sempre. Você é capaz de jurar que é feliz mesmo rodeado de uma quantidade tão grande de coisas, muitas das quais nem lembra que tem? A maioria das pessoas precisa desesperadamente colocar a casa em ordem, mas poucas delas encaram a missão como um "acontecimento especial". Em vez disso, acostumam-se a viver em ambientes que mais parecem depósitos e perdem um tempo enorme, diariamente, tentando domar a bagunça e encontrar suas coisas.

Acredite no que digo: se não pensar na organização como um evento único, qualquer tentativa de organização diária estará fadada ao fracasso.

Por outro lado, assim que tiver colocado a casa em ordem, a organização se resumirá à simples tarefa de devolver as coisas aos seus lugares de origem. Na verdade, isso se torna um hábito inconsciente.

Compreendo que você receie que, mesmo após esse "acontecimento especial", sua casa volte a ficar bagunçada. Talvez você faça muitas compras e por isso imagine que as coisas irão se empilhar novamente. Sei que é difícil acreditar na promessa de organização eterna, mas estou certa de que, ao experimentar a arrumação radical uma vez, seu estilo de vida vai mudar. Tudo o que você precisa fazer é tirar um tempo para se sentar, avaliar cada item que possui, decidir se vai descartá-lo ou não e por fim escolher onde vai guardar o que escolheu manter.

Muitos dos meus clientes passaram anos assumindo para si estereótipos como "Não levo jeito para organizar nada" ou "Nem adianta tentar, já nasci bagunceiro", mas essa ideia foi eliminada no momento em que eles viram seu ambiente em perfeita ordem pela primeira vez. Essa drástica mudança de autopercepção – ou seja, quando a pessoa se convence de que pode fazer qualquer coisa se estiver determinada a conseguir – causa uma incrível transformação no comportamento das pessoas.

Organizar é lidar com objetos. Sua meta é clara: quando tiver arrumado cada coisa em seu lugar terá alcançado a linha de chegada. Não é necessário comparar seu desempenho com o de ninguém, você é o padrão.

Nunca arrumo meu quarto. Por quê? Porque não preciso. Ele já está organizado. Faço apenas uma ou duas arrumações por ano, durante cerca de uma hora. Custo a acreditar que passei vários anos fazendo arrumações sem jamais ver resultados permanentes, mas hoje me sinto feliz e satisfeita. Tenho tempo para apreciar momentos prazerosos num ambiente tranquilo. Até o ar parece mais limpo e fresco. Ao olhar em volta, vejo apenas objetos de que realmente gosto. Minha casa não é muito ampla, mas tudo o que há dentro dela é especial para mim e fala direto ao meu coração.

Você não gostaria de viver assim também?

É fácil. Basta colocar a casa em ordem de uma vez por todas. Nos próximos capítulos você vai aprender passo a passo como fazer isso.

CAPÍTULO 2

EM PRIMEIRO LUGAR, DESCARTE

Comece descartando e faça tudo de uma só vez

Com o passar do tempo, acumulamos muitas coisas e, por mais que tenhamos arrumado tudo direitinho, a casa (ou o cômodo, o escritório, o quarto) acaba voltando a ficar como antes. Como já mencionei, esse efeito rebote é causado pela utilização de métodos errados de organização. E a única forma de escapar dessa situação é organizar tudo com eficiência, de uma vez só.

Quando se organiza o ambiente por completo, todo o cenário ao redor se transforma. A mudança é tão profunda que a pessoa sente como se estivesse vivendo em outro mundo. Isso afeta a mente e gera uma verdadeira aversão à ideia do retorno ao estado anterior. O segredo é fazer uma mudança drástica e repentina a ponto de levar a uma mudança interna igualmente drástica. Não se consegue o mesmo impacto se o processo for gradual.

Quanto mais tempo levar, mais cansado você se sentirá e maior a probabilidade de desistir no meio do caminho. E se as coisas começarem a se amontoar de novo, a situação só vai piorar. Mas, se você for até o fim e descobrir o que é uma organização perfeita, se libertará da ideia de que não consegue manter as coisas no lugar.

Para obter melhores resultados, adote a seguinte regra: organize na sequência certa. O processo consiste em apenas duas tarefas – descartar e guardar. O descarte sempre deve vir primeiro. Certifique-se de concluir inteiramente a primeira etapa antes de partir para a segunda. Nem pense em guardar as coisas antes de jogar fora tudo o que é desnecessário. Desobedecer a esta regra é uma das razões pelas quais muitas pessoas não conseguem progredir com o plano. Em meio ao processo de descarte, começam a imaginar onde irão guardar isso ou aquilo. No momento em que começam a pensar "Será que essas coisas vão caber na gaveta?", o trabalho é interrompido. Deixe para pensar nisso depois que terminar.

Antes de começar, visualize o objetivo

Você já entendeu que é fundamental se desfazer de todas as coisas antes de definir onde guardá-las, mas agora precisa saber que, por outro lado, iniciar o descarte sem pensar no que virá depois seria um passo para o fracasso. Portanto, primeiro você deve definir sua meta. Qual foi sua motivação para decidir organizar as coisas? Que objetivo você pretende atingir?

Antes de começar, dedique um tempo para pensar no assunto. Visualize o estilo de vida que você deseja adotar e faça anotações. Se pular este passo, não só irá atrasar o processo, como correrá um risco maior de sofrer o efeito rebote. Objetivos como "Quero viver sem bagunça" ou "Quero ser capaz de colocar as coisas no lugar" são muito vagos. É preciso ir mais fundo. Pense em termos concretos para conseguir visualizar de forma nítida como seria viver num ambiente organizado.

Uma cliente de 20 e poucos anos definiu seu sonho como "um estilo de vida mais feminino". Ela morava numa espécie de quitinete, que tinha um armário embutido e três grupos de prateleiras de tamanhos variados. Deveria ser espaço suficiente para guardar as coisas dela, mas a bagunça estava por todos os lados. Os armários estavam tão abarrotados que as portas não fechavam, e as roupas pulavam para fora das gavetas como o recheio de um hambúrguer. O chão e a cama estavam cobertos de cestos e bolsas com revistas e outros papéis. Quando minha cliente ia dormir, tirava as coisas de cima da cama e as colocava no chão, e ao acordar as colocava de volta na cama, para abrir um espaço por onde pudesse andar. Nem com muita boa vontade alguém diria que havia algo de "feminino" ali. Então perguntei:

– O que você quer dizer com "estilo de vida feminino"?

Ela pensou bastante antes de finalmente responder:

– Bem, eu penso em algo assim: quando eu voltasse para casa, depois do trabalho, o chão estaria livre de bagunça e o ambiente estaria arrumado como um quarto de hotel, sem nada obstruindo o campo de visão. Eu cobriria a cama com uma colcha rosa e teria uma luminária branca em estilo retrô. Antes de me deitar, tomaria um banho relaxante, acenderia lamparinas com óleos aromáticos e ouviria composições de piano ou violino, praticaria ioga e tomaria chá de ervas. Adormeceria despreocupada, com uma agradável sensação de amplidão.

A descrição foi bem clara, como se ela de fato vivesse daquela maneira. É importante alcançar esse nível de detalhes ao imaginar seu estilo de vida ideal e fazer anotações. Se tiver dificuldade para visualizar o que deseja, dê uma olhada em revistas de decoração e veja que imagens lhe chamam a atenção. Visitar ambientes decorados também pode ser útil. Observar uma variedade de casas diferentes vai ajudar você a descobrir do que gosta.

A propósito, depois de se libertar das profundezas da desorganização, minha cliente pôde enfim aproveitar a aromaterapia, a música clássica e a ioga no ambiente tranquilo e "feminino" que tanto desejava.

Se você já conseguiu definir o estilo de vida dos seus sonhos, está na hora de descobrir por que deseja viver assim. Releia suas anotações e reflita mais uma vez. Por que você quer fazer aromaterapia antes de se deitar? Por que quer ouvir música clássica enquanto faz ioga? Se as respostas forem "Porque quero relaxar antes de dormir" e "Quero praticar ioga para emagrecer", pergunte-se por que quer relaxar e por que deseja perder peso. Talvez as respostas sejam: "Não quero estar cansado quando sair para trabalhar amanhã" e "Quero emagrecer para ficar com o corpo mais bonito". Para cada resposta pergunte novamente "Por quê?". Repita o processo de três a cinco vezes para cada item.

Ao prosseguir examinando seus motivos para a mudança de estilo de vida, você chegará a uma conclusão simples. O objetivo – tanto de se desfazer de coisas quanto de ficar com elas – é basicamente ser feliz. Pode parecer óbvio, mas é importante ter essa consciência. Antes de começar a organização, pense na vida que deseja ter e reflita: "Por que quero organizar minha casa?" Quando encontrar a resposta, você estará pronto para dar o próximo passo: analisar o que possui.

Como escolher: deixa você feliz?

Que critério você costuma usar para decidir o que vai jogar fora?

Existem diversos padrões de descarte. Um deles é se desfazer de coisas que deixaram de ser úteis, como algo que quebra e não tem mais conserto, ou um aparelho com uma peça importante faltando. Outro é descartar coisas desatualizadas, como roupas fora de moda e itens relacionados a épocas passadas. É fácil jogar objetos fora quando há um motivo óbvio para fazê-lo, mas admito que é complicado abrir mão de coisas sem uma razão concreta. Especialistas também criaram critérios como "Jogue fora tudo o que não usa há um ano" e "Se não consegue se decidir, guarde os objetos em uma caixa e torne a analisá-los seis meses depois". No entanto, quando você se preocupa em *como* escolher o que vai jogar fora, acaba perdendo o foco e se arriscando a colocar tudo a perder.

A certa altura da vida, passei a me desfazer de coisas descontroladamente. Meu objetivo era me livrar do maior número possível de itens. Doava roupas que não usava mais, jogava fora um item cada vez que comprava algo novo, descartava tudo aquilo sobre o qual tinha dúvida. No entanto, não conseguia manter nada arrumado.

Isso estava me deixando cada vez mais estressada. Um dia me peguei indo fazer compras para relaxar – ou seja, daquela forma não conseguiria diminuir a quantidade de coisas que possuía. Não conseguia ficar tranquila, passava o tempo todo à caça de coisas supérfluas.

Certa vez, ao voltar da escola, abri a porta do meu quarto e senti um enorme desespero ao ver o ambiente todo bagunçado, apesar do meu esforço diário. "Não quero mais passar por isso!", gritei. Sentei-me no chão, olhei em volta e comecei a pensar. Havia passado três anos organizando e descartando coisas, mas parecia não ter adiantado nada. *Alguém pode me dizer por que meu quarto não está arrumado se trabalho duro todo dia para organizá-lo?* Não falei em voz alta, mas estava gritando por dentro. Naquele instante ouvi uma voz interior: "Olhe com mais atenção."

Como assim? Todos os dias olho tão atentamente que poderia achar as coisas de olhos fechados. Com esse pensamento ainda na mente, adormeci deitada no chão. Se tivesse sido um pouco mais perspicaz na época, antes de me tornar tão neurótica teria percebido o erro de colocar o foco apenas no descarte. Isso só traz infelicidade. Por quê? Porque devemos escolher as coisas que queremos guardar e não aquelas de que queremos nos livrar.

Quando acordei, soube imediatamente o que a voz em minha cabeça queria dizer. *Olhe com mais atenção.* Tinha me concentrado tanto no que não queria que me esqueci de apreciar as coisas de que gostava. Por meio dessa experiência, concluí que a melhor maneira de fazer a triagem do que fica e do que sai é segurar cada item e indagar: "Isso me traz alegria?" Se a resposta for afirmativa, guarde-o. Caso contrário, jogue-o fora. Este não só é o critério mais simples, como também o mais preciso.

Você pode questionar a eficácia de um critério tão vago, porém o truque é avaliar os itens um a um. Não basta abrir o guarda-roupa, dar uma olhada e decidir que tudo ali faz você se sentir bem. É preciso segurar cada peça de roupa nas mãos. Quando tocamos uma roupa o corpo reage – e reage de forma diferente de acordo com a peça. Pode acreditar, experimente.

Há um motivo para eu ter escolhido este critério. Afinal, qual é a razão de se fazer a organização? Se não for para que o ambiente e as coisas dentro dele nos tragam felicidade, não vejo sentido em organizar. Assim, a melhor forma de escolher o que guardar e o que descartar é pensar se aquilo nos faz felizes.

Você fica feliz usando roupas que não lhe trazem nenhuma sensação boa?

Você fica alegre rodeado de livros que nunca leu e que sabe que não irão tocar seu coração?

Acredita que ter acessórios que nunca vai usar lhe deixará contente?

A resposta a essas perguntas deve ser "não".

Então mantenha apenas as coisas que lhe falam ao coração e tome coragem para jogar fora todo o restante.

Agora, imagine viver num ambiente que só contenha coisas que lhe dão alegria. Não é esse o estilo de vida dos seus sonhos?

Uma categoria por vez

O passo mais importante na organização é decidir o que manter, com base no critério do que lhe traz ou não alegria. Mas que atitudes concretas são necessárias para eliminar o excesso com eficiência?

Vou começar dizendo o que *não* deve ser feito. Não comece a selecionar os itens de acordo com a localização. Não pense: "Vou arrumar o quarto primeiro e depois passarei para a sala de estar" ou "Vou arrumar as gavetas uma a uma, começando de cima para baixo". Essa estratégia é um erro fatal. Por quê? Porque, conforme vimos antes, geralmente as pessoas não têm o cuidado de guardar coisas semelhantes em um só local.

Na maioria dos casos, itens da mesma categoria são armazenados em dois ou mais locais pela casa. Se, por exemplo, você começar a arrumação pelo armário do quarto, quando acabar de separar o que fica e o que sai é provável que encontre peças de roupa que tinha guardado em outro lugar: um casaco que estava apoiado na cadeira da sala, algumas camisas no cesto de passar, roupas de inverno dentro de uma mala num canto qualquer. Então, terá de repetir todo o processo de escolher e guardar essas roupas, desperdiçando tempo e esforço – e isso pode acabar com a sua motivação; portanto, deve ser evitado.

É por esse motivo que você deve sempre pensar em termos de categoria e não de localização. Antes de escolher o que manter, reúna tudo o que se enquadra no mesmo grupo. Tire do armário todos os respectivos itens e coloque-os num mesmo lugar. Para ilustrar, vamos continuar com o exemplo das roupas. Depois que decidir começar pelas roupas, vasculhe todos os cômodos da casa e leve todas as peças que encontrar para o mesmo local, espalhando-as no chão. A seguir, segure cada peça e avalie se ela faz com que você se sinta bem. Você deve ficar *somente* com essas e nenhuma a mais. Siga esse procedimento em relação a todas as categorias. Se tiver roupas demais, por exemplo, pode classificá-las em subcategorias, como blusas e casacos, calças e bermudas, meias, etc., e avaliar uma subcategoria de cada vez.

Reunir todos os itens num só lugar é essencial para o processo, pois lhe dará uma visão precisa da quantidade de coisas que possui. As pessoas normalmente se espantam com o volume, que costuma ser o dobro do que haviam imaginado. Ao colocar tudo junto você poderá comparar os itens semelhantes, facilitando a decisão de quais manter.

Outra boa razão para retirar todos os itens da mesma categoria dos armários, gavetas e cômodas e espalhá-los no chão é que coisas que ficam fora da vista entram em "estado de hibernação", o que torna mais difícil saber se aquilo lhe dá alegria ou não. Expondo-as à luz do dia para "ganhar vida" novamente, será mais simples julgar o que toca seu coração.

Não se esqueça: junte absolutamente tudo o que for da mesma categoria. Não deixe *nada* passar despercebido.

Comece direito

Você começa o dia no maior pique para iniciar a arrumação, mas antes que se dê conta o sol está se pondo e você só mexeu em uma pequena parte das coisas. E o que tem nas mãos nesse momento? Provavelmente uma velha revista em quadrinhos que você adorava, um álbum de fotografias ou alguma outra coisa que desperte boas recordações.

Quando digo que você deve começar a organizar por categorias, não quero dizer que possa começar *pela categoria que quiser*. O grau de dificuldade envolvido na seleção varia muito dependendo do tipo de coisas que você está avaliando. Quando as pessoas param no meio do caminho normalmente é porque iniciam o processo por coisas às quais são apegadas. Itens que trazem recordações, como fotografias, não são indicados como ponto de partida. Não só porque a quantidade costuma ser grande, mas também porque é bem difícil escolher o que guardar ou não.

Além do valor material, existem três outros fatores que agregam valor aos seus pertences: funcionalidade, informações e apego emocional.

Quando se acrescenta o elemento da raridade, a dificuldade de desapegar se multiplica.

As pessoas têm dificuldade de se desfazer de coisas que ainda poderiam usar (valor funcional), que contêm informações úteis (valor informativo) e com as quais têm laços afetivos (valor sentimental). Quando tais coisas são difíceis de encontrar ou de substituir (valor de raridade), torna-se ainda mais difícil abrir mão delas.

O processo de decisão sobre o que guardar fluirá com mais suavidade se você começar por itens de menor importância. À medida que avançar para as categorias mais difíceis, irá aperfeiçoar sua habilidade de decidir. As roupas são mais fáceis de descartar porque seu valor de raridade é extremamente baixo. Fotografias e cartas, por sua vez, não só têm alto valor sentimental como também são únicas, portanto devem ficar por último. Isto se aplica sobretudo às fotos, porque é comum depararmos com elas nos lugares mais improváveis - como no meio de livros e outros papéis - quando remexemos itens de outras categorias.

Portanto, a melhor sequência é: roupas, livros, papelada, itens variados e, por fim, itens de apego emocional, incluindo presentes e lembranças. Esta ordem se mostrou a mais eficaz de acordo com o grau de dificuldade para a tarefa seguinte, que é arrumar cada coisa em seu lugar. E, além disso, seguir essa ordem aprimora nossa intuição sobre o que nos traz alegria. Se podemos acelerar significativamente o processo de decisão apenas mudando a ordem do que jogamos fora, não vale a pena tentar?

Não deixe sua família ver

Encarar a maratona de organização gera uma pilha de lixo. Neste momento, a coisa mais desastrosa que pode acontecer é a entrada daquela especialista em reciclagem conhecida como "mãe".

Uma cliente, que chamarei de M, morava na mesma casa havia 15 anos, com os pais e o irmão. M não apenas adorava roupas como guardava as que possuíam algum valor sentimental, como antigos uniformes de escola e camisetas confeccionadas para diversos eventos. Guardava-as em caixas no chão do quarto, e tinha tantas caixas que não dava para ver o piso. Foram necessárias cinco horas para organizar tudo. No final, ela havia enchido 15 sacos de itens descartados, sendo oito sacos só de roupas e o restante com 200 livros, vários bichos de pelúcia e peças de artesanato que tinha confeccionado na escola. Colocamos os sacos no chão, perto da porta, e o piso finalmente ficou visível. Eu estava prestes a lhe ensinar uma importante lição.

– Há um segredo que você precisa saber a respeito de se livrar de todo esse lixo – comecei, então a porta se abriu e sua mãe entrou carregando copos com chá gelado numa bandeja.

"Essa não!", pensei.

A mãe apoiou a bandeja numa mesa.

– Obrigada por ajudar tanto a minha filha – disse ela, e virou-se para sair. Nesse exato momento, ela viu os sacos junto à porta. – Você vai jogar isso fora? – perguntou, apontando para um tapete de ioga rosa no topo da pilha.

– Faz dois anos que não uso, mãe.

– Sério? Bem, talvez eu use – afirmou, e começou a remexer os sacos. – Talvez isso possa ser útil também.

Quando saiu, carregou consigo não só o tapete de ioga, mas também três saias, duas camisas, duas jaquetas e vários materiais de escritório.

Tomei um gole de chá e perguntei a M com que frequência a mãe dela praticava ioga.

– Nunca vi minha mãe fazer ioga.

Era exatamente sobre isso que eu ia falar com M antes de a mãe dela entrar no quarto. Agora eu tinha um motivo a mais para enfatizar essa questão.

– Não deixe sua família ver o que está sendo descartado, não há necessidade disso. Se possível, leve você mesma os sacos para fora.

Recomendo aos meus clientes que evitem mostrar itens descartados principalmente aos pais. Não que haja motivos para se envergonhar da arrumação, mas em geral os pais não reagem bem ao ver seus filhos jogando muitos objetos fora. Eles ficam preocupados com a possibilidade de que alguma coisa possa fazer falta. Além disso, pode ser doloroso ver roupas, brinquedos e presentes dados por eles na pilha de descarte. É também uma questão de consideração evitar que vejam o que está sendo descartado. Isso também evita que pessoas da família reaproveitem itens de que não precisam. A "reciclagem" de objetos apenas aumenta a quantidade de coisas desnecessárias dentro de casa.

Na maioria esmagadora dos casos é a mãe que recupera itens da filha, apesar de raramente usar essas coisas. Muitas vezes, as mulheres na faixa dos 50, 60 anos jogam fora roupas que pegaram das filhas sem jamais as vestirem.

É lógico que não há nada de errado em outros membros da família aproveitarem coisas de que você não precisa mais. Se você mora com parentes, antes de iniciar a arrumação pode perguntar a eles se estão planejando comprar algo; se, ao organizar suas coisas, você deparar exatamente com esse item, dê de presente à pessoa.

Olhe para o próprio espaço antes de criticar o dos outros

"Mesmo que eu organize, minha família desarruma tudo de novo."

"Meu marido é acumulador. Como faço para convencê-lo a se desfazer das coisas?"

É irritante quando a família não colabora com suas tentativas de ter a casa "ideal". Vivi isso na pele. Certa vez, estava tão envolvida com a ideia da organização que sentia que arrumar meu quarto não era suficiente. Então parti para os quartos dos meus irmãos e os outros cômodos. Acontece que, na maior parte do tempo, eu ficava frustrada com a desorganização da minha família. Um dos principais motivos de desentendimento era um armário que ficava no meio da casa. No meu ponto de vista, metade dele era ocupado por tralhas inúteis: roupas que nunca vi minha mãe usar e ternos completamente ultrapassados do meu pai. A parte de baixo era coberta de caixas de revistas em quadrinhos do meu irmão.

Eu esperava o momento certo e confrontava o dono com a seguinte pergunta: "Você não usa mais isso, certo?" A resposta era sempre "Uso, sim" ou "Eu mesmo vou jogar fora", o que nunca acontecia. Toda vez que olhava para aquele armário, eu suspirava e reclamava: "Por que as pessoas teimam em acumular coisas? Será que não veem o esforço que estou fazendo para manter a casa arrumada?"

Ciente de que eu era diferente quando se tratava de organização, estava decidida a não deixar que eles me derrotassem. Quando minha frustração chegou ao limite, adotei a tática de agir em segredo. Identifiquei peças que não eram usadas havia anos, analisando seu design, a poeira acumulada e o cheiro. Eu as colocava na parte de trás do armário e observava o que acontecia. Se ninguém percebesse o sumiço, eu as jogava fora, uma de cada vez, como se estivesse podando plantas. Após três meses com essa estratégia, tinha conseguido descartar 10 sacos de lixo.

Em geral, ninguém notava nada, e a vida seguia seu curso. Contudo, no momento em que o volume de coisas em casa diminuiu significativamente, as pessoas começaram a dar falta de um ou outro item. Quando desconfiavam de mim, eu me fazia de sonsa. Fingia que não sabia de nada.

– Você sabe onde foi parar minha jaqueta?

– Não.

Se eles me pressionassem, eu apenas negava.

– Marie, tem certeza de que não jogou fora?

– Tenho certeza, sim.

– Puxa, não sei onde foi parar.

Se desistissem do assunto, eu concluía que realmente não teria valido a pena continuar guardando aquela peça. Mas, mesmo quando não conseguia mais enganá-los, não me abalava.

– Eu sei que estava aqui, Marie. Vi com meus próprios olhos dois meses atrás.

Em vez de pedir desculpas por jogar fora as coisas dos outros sem permissão, eu retrucava:

– Joguei fora no seu lugar, já que você não consegue.

Olhando para trás, admito que fui muito arrogante. Depois de ser desmascarada, recebi uma enxurrada de sermões e reclamações, e fui proibida de arrumar qualquer coisa que não fosse o meu quarto. Se eu pudesse voltar no tempo, nem pensaria em começar essa empreitada ridícula. Jogar fora coisas que pertencem a outras pessoas demonstra uma enorme falta de bom senso. Embora a tática de agir escondido geralmente funcione e as pessoas nunca deem falta dos itens descartados, o risco de perder a confiança da sua família é muito alto. Além disso, não é correto. Se você quer o apoio dos seus parentes na campanha de desapego, existe uma forma bem mais fácil de conseguir isso.

Depois que me proibiram de arrumar os espaços dos outros e só me restou o meu próprio quarto, dei uma boa olhada ao redor e tive uma surpresa. Havia muito mais itens a serem descartados do que eu havia me dado conta antes – uma blusa que eu nunca tinha usado, uma saia totalmente fora de moda, livros que eu sabia que jamais iria ler. Fiquei em choque ao constatar que eu cometia exatamente o mesmo erro que meus pais e meus irmãos. Sem moral para criticar ninguém, peguei um monte de sacos de lixo e me concentrei na organização do meu quarto.

Após umas duas semanas, comecei a perceber uma mudança na família. Meu irmão, que antes se recusava terminantemente a jogar qualquer coisa fora, começou a fazer uma seleção cuidadosa de seus pertences. Em seguida, meus pais e minha irmã também começaram a selecionar e descartar roupas e acessórios. Depois de um tempo, a casa inteira estava bem mais arrumada.

A melhor maneira de lidar com uma família bagunceira é desfazer-se de tudo o que você tem em excesso sem fazer muito alarde. Atraídos pela sua atitude, os outros se inspiram a eliminar seus pertences desnecessários e a arrumá-los sem que você precise fazer uma única reclamação. Não acredita? Experimente. A organização provoca uma reação em cadeia.

Arrumar discretamente o que é seu gera outra mudança interessante: a capacidade de tolerar certo nível de desorganização por parte dos outros. No momento em que fiquei satisfeita com a arrumação do meu quarto, parei de sentir a necessidade de descartar as coisas dos meus pais e dos meus irmãos. Quando verificava que os espaços de uso comum – como a sala e o banheiro – estavam bagunçados, eu me punha a arrumá-los e não dizia uma palavra a respeito.

Se você fica irritado com a bagunça da sua família, dê uma boa olhada no próprio espaço, sobretudo nos lugares onde costuma armazenar as coisas. Com certeza você vai encontrar itens que devem ser descartados. A mania de apontar falhas na organização dos outros normalmente é um sinal de que seu próprio sistema precisa de ajustes. Por isso, você deve começar descartando somente as suas coisas. Deixe as áreas de uso comum para o final: o primeiro passo é arrumar o que é seu.

Se você não precisa de algo, sua família também não precisa

Minha irmã é três anos mais nova que eu. Tranquila e um tanto tímida, prefere ficar em casa lendo e desenhando em vez de sair e ter uma vida social. Sem dúvida, ela foi o maior alvo das minhas experiências de organização, sendo minha cobaia sem desconfiar de nada. Quando eu estava na faculdade, meu foco era o descarte, mas eu tinha muita dificuldade em me desapegar de algumas coisas – como uma camiseta que adorava, mas que não cabia em mim. Eu me sentia incapaz de me desfazer dessas peças, então as experimentava inúmeras vezes diante do espelho e, no final, acabava sendo forçada a admitir que simplesmente não serviam para mim. Se fosse uma roupa nova ou um presente dos meus pais, eu me sentia culpada só de pensar na ideia de jogar fora.

Nessas ocasiões, minha irmã era muito útil. O método de "presentear minha irmã" parecia a maneira perfeita de me livrar daquelas peças sem ser tomada pelo remorso. Quando digo "presentear", não estou dizendo que embrulhava com um belo papel e entregava num momento solene. Era bem diferente disso: com a respectiva peça nas mãos, eu invadia o quarto dela, arrancava o livro de suas mãos e perguntava: "Quer esta camiseta? Se quiser dou para você." Vendo seu olhar confuso, aplicava o golpe final: "É nova e bem bonita. Mas se você não quiser eu jogo fora. Tudo bem por você?"

A coitada, muito boazinha, não tinha escolha a não ser concordar em ficar com a peça.

Isso acontecia com tanta frequência que o guarda-roupa da minha irmã, que quase nunca comprava nada, transbordava de roupas. Embora ela usasse uma coisa ou outra de vez em quando, a maioria das peças que eu lhe dava ficava esquecida no armário. Eu não me dava conta disso e continuava a presenteá-la, achando que ela deveria estar feliz por ganhar um monte de roupas legais. Só percebi meu equívoco quando comecei a dar consultoria e conheci uma certa cliente, que vou chamar de K.

K tinha 20 e poucos anos, trabalhava numa empresa de cosméticos e morava com os pais. Quando estávamos separando suas roupas notei um fato estranho em suas escolhas. Apesar de ter roupas suficientes para encher um armário de tamanho padrão, a quantidade de peças que ela separava para manter era surpreendentemente pequena. Quando eu perguntava se as peças lhe davam alegria, a resposta era quase sempre "não". Dava para ver a expressão de alívio no rosto dela ao se livrar daquelas roupas. Analisando o conjunto das peças que ficaram, percebi que a maioria era de um estilo casual, como camisetas e calças jeans. As que seriam descartadas eram completamente diferentes, em geral saias curtas e blusas decotadas. Quando a questionei a respeito, ela respondeu: "Essas roupas eram da minha irmã mais velha." Depois que terminamos de separar tudo, K comentou: "Que horror! Eu estava rodeada por esse monte de coisas de que não gostava e que não tinham nada a ver comigo." As peças que a irmã lhe repassara ocupavam mais de um terço do guarda-roupa, e praticamente nenhuma delas lhe dava algum prazer.

Esse não é um caso isolado. Ao longo dos meus anos de trabalho, constatei que o volume de roupas descartadas por irmãs mais novas é sempre maior que o das irmãs mais velhas. Existem dois motivos para as caçulas guardarem roupas que herdaram e de que não gostam muito: a primeira é que é difícil jogar fora o que se ganha de um parente, a segunda é que muitas vezes elas não sabem do que gostam, portanto não sabem bem o que descartar. Como herdam muitas roupas, quase não precisam comprar coisas novas, de modo que têm menos oportunidades de desenvolver a noção daquilo que lhes dá alegria.

Não me entenda mal: não estou dizendo que você deve jogar todas as suas roupas usadas no lixo. Quando você quer se desfazer de algo, o melhor que pode fazer é doar. Existem muitas pessoas que necessitam desse gesto de solidariedade. O que estou afirmando aqui é bem diferente: você deve eliminar o hábito de empurrar coisas para os seus parentes só porque não consegue se livrar delas. Minha irmã nunca reclamou, porém tenho certeza de que ela não ficava muito feliz quando recebia minhas roupas usadas. Eu simplesmente transferia minha culpa para ela, que se sentia obrigada a aceitá-la. Era uma atitude nada nobre da minha parte.

Se você deseja se desfazer de alguma coisa, não empurre para os outros sem lhes dar a chance de decidir se querem ou não. Procure estar atento ao que gostam e só mostre o que se encaixar no estilo de cada um. Devemos ter consideração pelas pessoas, para que elas não se tornem acumuladoras – algo que você está tentando deixar de ser.

Organizar é uma forma de autodiálogo

"Marie, gostaria de vir comigo até a cachoeira?"

Recebi esse convite inusitado de uma cliente idosa. Aos 74 anos, ela administrava um negócio, era esquiadora, montanhista e praticava meditação sob água corrente havia mais de uma década. Aceitei o convite e fiquei surpresa: o lugar para onde ela me levou não era para iniciantes. Saímos às seis da manhã, subimos uma montanha por uma trilha, escalamos muros, transpusemos um rio com água na altura dos joelhos, até que finalmente chegamos à cachoeira isolada.

Não estou contando isso apenas para falar da peculiar forma de recreação da minha cliente. É que percebi que existe uma semelhança significativa entre a meditação sob a cachoeira e a prática da organização. Quando nos sentamos debaixo de uma cachoeira, o único som audível é o do estrondo da água. À medida que a água bate no corpo, qualquer dor logo desaparece e uma dormência se espalha. Em seguida, um calor nos aquece de dentro para fora e entramos numa espécie de transe. Embora eu nunca tivesse experimentado esse tipo de meditação antes, a sensação foi extremamente familiar, pois era bem parecida com a que tenho quando faço arrumações. Claro que não se trata de um transe, mas às vezes, quando estou organizando minhas coisas, entro numa comunhão silenciosa comigo mesma. O trabalho de avaliar com cuidado cada objeto que possuo para ver se me traz alegria é como ter um autodiálogo por intermédio dos meus pertences.

Por isso, é essencial estar num ambiente silencioso quando for avaliar suas coisas. Muitas revistas sugerem que você ouça música animada enquanto arruma a casa, mas não recomendo. A meu ver, o barulho dificulta o diálogo entre você e seus pertences. Deixar a televisão ligada obviamente está fora de questão. Se você precisa de algum som para relaxar, escolha músicas instrumentais.

A melhor hora para começar é de manhã. O ar fresco matinal aguça sua capacidade de discernimento e provoca maior clareza mental. A sensação de clareza e frescor que se obtém após ficar embaixo de uma cachoeira pode ser viciante. De modo semelhante, quando terminamos de colocar nosso espaço em ordem ficamos com vontade de repetir. E, ao contrário da meditação na cachoeira, você não precisa escalar montanhas para praticar. É possível conseguir o mesmo efeito na sua própria casa. Isso não é incrível?

O que fazer quando não se consegue jogar algo fora

Como já disse, meu critério para decidir o que manter é verificar se o objeto provoca alegria quando o tocamos. É da natureza humana resistir a jogar as coisas fora – mesmo aquelas de que não gostamos tanto. Mas a dificuldade de desapegar dos nossos pertences é um grande problema.

O discernimento humano pode ser classificado em dois tipos: intuitivo e racional. No que se refere à escolha do que descartar, é o lado racional que atrapalha. Intuitivamente sabemos que o objeto não nos interessa, mas a razão cria todo tipo de argumentos para mantê-lo, como "Posso precisar dele algum dia" ou "É um desperdício jogar isso fora". Esses pensamentos são recorrentes e tornam o descarte quase impossível.

Não estou dizendo que seja errado hesitar. A incapacidade de decidir demonstra certo grau de apego a um objeto em particular, o que é absolutamente compreensível. Também não estou dizendo que todas as decisões devem ser tomadas com base apenas na intuição. Mas é por isso que devemos avaliar cada objeto com bastante atenção, sem distrações.

Se surgir alguma coisa que seja difícil descartar, em primeiro lugar procure entender o motivo pelo qual você tem esse objeto. Quando o adquiriu e o que significou para você na época? Pense no papel que esse item desempenha em sua vida. Se você tem roupas que comprou e nunca usou, analise-as separadamente. Onde adquiriu cada uma e por quê? Se comprou porque parecia legal na loja, então ela já cumpriu a função de lhe proporcionar uma sensação boa ao adquiri-la. E por que você nunca a usou? Por ter se dado conta de que não lhe caía bem ao experimentá-la em casa? Se foi por isso, e se você deixou de comprar outras peças parecidas porque descobriu que aquele modelo ou aquela cor não lhe favorecia, então ela já cumpriu sua missão: mostrar o que não fica bom em você.

Todo objeto tem um papel a desempenhar. Nem todas as roupas precisam ser usadas até se desgastarem por completo. O mesmo acontece com as pessoas: nem todas que você conhece se tornam suas amigas. Você vai se dar bem com algumas e achar impossível se relacionar com outras. No entanto, todas elas trazem uma valiosa lição, que é ajudá-lo a identificar aqueles de quem realmente gosta.

Quando você deparar com algo de que não consegue se desapegar, pense bem no real propósito desse objeto em sua vida. Você vai se surpreender ao constatar quantos de seus pertences já cumpriram sua função. Ao reconhecer sua contribuição e ao abrir mão deles com um sentimento de gratidão, você conseguirá colocar sua casa – e sua vida – em ordem. No final do processo, restarão apenas as coisas que são valiosas para você.

Para aproveitar ao máximo as coisas que lhe são importantes, primeiro você precisa se desfazer daquelas que já não têm mais função. Jogar fora objetos sem utilidade não é desperdício. Você tem coragem de dizer que *precisa* de algo que está enterrado no fundo do armário há tanto tempo que nem se lembra de sua existência? Se as coisas tivessem sentimentos, elas certamente não estariam felizes nessa situação. Então liberte-as da prisão à qual você as relegou e deixe-as partir com gratidão.

CAPÍTULO 3

COMO ORGANIZAR POR CATEGORIA

Ordem da arrumação

Siga a ordem correta das categorias

Meus clientes estão sempre um pouco tensos quando faço a primeira visita à sua casa. Antes dessa etapa, eles já estiveram comigo em várias ocasiões, então o motivo da tensão não é timidez, e sim a ansiedade de encarar o desafio.

Quase sempre escuto coisas do tipo: "Você acha mesmo que é possível organizar minha casa? Aqui não há lugar nem para pisar", "Não consigo imaginar como poderei fazer uma arrumação completa em tão pouco tempo" ou "Você contou que nenhum dos seus clientes sofreu o efeito rebote. E se eu for o primeiro?".

O nervosismo é quase palpável, porém posso assegurar que todos se sairão bem. Mesmo os "preguiçosos", os "bagunceiros" e os "ocupados" podem aprender a organizar a casa se colocarem o Método KonMari em prática.

Vou contar um segredo: arrumar a casa é divertido! O processo de verificar como você se sente a respeito das coisas que possui, identificando aquelas que cumpriram sua função, expressando sua gratidão e se despedindo delas é, na verdade, uma forma de se conhecer melhor, um rito de passagem para uma nova vida. O critério de julgamento é sua intuição, portanto não há necessidade de teorias complexas ou dados numéricos. A única coisa que você precisa fazer é seguir a ordem certa. Então, providencie muitos sacos de lixo e prepare-se para a diversão.

Comece pelas roupas, depois passe para os livros, documentos, itens variados e, por fim, artigos de valor sentimental. Se reduzir o número de pertences seguindo esta ordem, seu trabalho fluirá com facilidade surpreendente. Começando com o mais fácil e deixando o mais difícil para o final, você irá aperfeiçoar sua capacidade de decisão aos poucos, e quando chegar à última categoria o processo vai parecer simples.

Para fazer o trabalho com mais eficiência, recomendo dividir a primeira categoria – roupas – nas seguintes subcategorias:

- BLUSAS (camisas, suéteres etc.)
- PARTES DE BAIXO (calças, saias etc.)

- ROUPAS DE PENDURAR (blazers, casacos, ternos etc.)
- MEIAS
- ROUPAS ÍNTIMAS
- BOLSAS
- ACESSÓRIOS (lenços, cintos, chapéus etc.)
- ROUPAS PARA OCASIÕES ESPECÍFICAS (biquínis, sungas, uniformes etc.)
- SAPATOS

(Sim, incluí bolsas e sapatos na categoria das roupas.)

Com base na experiência que adquiri, cheguei à conclusão de que essa é a ordem ideal. Seguir esse esquema acelera o trabalho e leva a resultados visíveis rapidamente. Além disso, como você irá guardar apenas as coisas que realmente ama, sua energia e sua alegria serão intensificadas. Você pode até ficar cansado, mas a sensação será tão boa que você não vai conseguir parar.

O ponto mais importante, porém, é decidir o que *manter*, e não o que descartar. Que peças vão lhe dar alegria se permanecerem em sua vida? Escolha-as como se estivesse selecionando itens na vitrine de sua loja favorita. Junte todas as roupas numa pilha, segure uma a uma e pergunte a si próprio calmamente: "Isto me traz alegria?" Seu festival de organização começou.

Roupas

Espalhe no chão todas as peças de roupa que houver em casa

O primeiro passo é verificar cada armário, cômoda e gaveta da casa e reunir todas as suas roupas num mesmo lugar. Não deixe nenhuma para trás. Certifique-se de ter recolhido até as roupas que estão no cesto de lavar ou de passar. Quando meus clientes dizem que terminaram de juntar tudo, sentencio: "Tem certeza de que não sobrou nenhuma peça em algum lugar? Pense bem. Qualquer item que for encontrado mais tarde terá de ser automaticamente colocado na pilha de descarte." Deixo claro que não estou brincando e que não permitirei que fiquem com nada que seja encontrado após a seleção das roupas. Nesse momento, meus clientes dão mais uma olhadinha pela casa e acabam achando mais uma ou outra coisa.

Em geral, a pilha de blusas (que inclui peças de todas as estações, de camisetas a suéteres de lã) chega à altura do joelho, com uma quantidade média de itens em torno de 160. As pessoas ficam impressionadas quando descobrem o tanto de roupas que têm. Minha estratégia é começar com as roupas da estação seguinte, que não estejam sendo usadas no período, pois evita que meus clientes argumentem coisas como "Isso não traz alegria, mas usei ontem" ou "E se eu jogar tudo fora? Não vou ter o que vestir amanhã". Esses pensamentos prejudicam a objetividade na hora de tomar decisões. Como as roupas de outras estações não são necessárias de imediato, é mais fácil avaliar se lhe trazem alegria ou não. Nessa etapa, sugiro que as pessoas se perguntem: "Será que vou querer usar esta roupa novamente no próximo verão/inverno?" Ou então: "Eu teria vontade de vestir isto amanhã se a temperatura mudasse de repente?"

Se a resposta for "não" ou "não tenho certeza", jogue a peça fora. Se foi algo que você usou bastante, expresse sua gratidão e desapegue. Não tenha medo de ficar sem ter o que vestir. Pode parecer que você descartou coisas demais; contudo, se lhe restarem as roupas de que realmente gosta, você terá ficado com a quantidade de que precisa.

Em seguida, passe para as roupas da estação vigente.

Lembre-se dos pontos mais importantes: recolha absolutamente todas as peças de roupa da casa e avalie-as uma a uma.

Roupa de usar em casa

O tabu das "roupas de usar em casa"

Parece desperdício jogar fora uma coisa que ainda está em perfeitas condições de uso, principalmente se você a comprou. Nesses casos, meus clientes geralmente perguntam se podem manter essas roupas para usar em casa. Se eu respondesse que sim, a pilha de roupas de usar em casa ficaria cada vez maior e a quantidade total de roupas jamais diminuiria.

Admito que já fiz isso. Separei um monte de casacos velhos, blusas fora de moda ou vestidos que não me caíam bem para usar dentro de casa em vez de descartá-los. Mas, no fundo, eu não usava nem 10% dessas roupas.

Descobri que boa parte dos meus clientes também tinha sua coleção de "roupas de casa" sem uso. As explicações para isso sempre sugeriam algo como "Essas roupas não são muito confortáveis" ou "A verdade é que eu não gosto muito delas. Só as mantive porque estão novas e acho uma pena jogar fora". Em outras palavras, guardar peças rejeitadas é simplesmente uma maneira de adiar o descarte.

A meu ver, não faz sentido manter roupas de que não gostamos para usá-las em casa e na hora de relaxar. Nossos momentos em casa são preciosos e não devem ser menosprezados apenas porque ninguém vai nos ver. Portanto, a partir de hoje, acabe com o hábito de reaproveitar peças que não lhe agradam como roupas de usar em casa. O verdadeiro desperdício não é se desfazer das roupas que não lhe trazem alegria, mas sim guardá-las apesar do seu esforço para criar uma vida diferente. Justamente porque ninguém irá ver você, é importante usar roupas que reforcem uma autoimagem positiva.

O mesmo se aplica aos pijamas. As mulheres devem vestir peças femininas e elegantes para dormir. A pior coisa que podem fazer é usar um conjunto velho de moletom. Sim, dormir com roupas velhas é confortável, mas não é nem um pouco atraente – e isso tem um enorme impacto em sua autoimagem e, consequentemente, em sua autoestima.

Arrumando as roupas

Dobre do jeito certo e acabe com o problema de espaço

Após terminar o processo de seleção, meus clientes costumam ficar com algo entre um terço e um quarto das roupas que tinham inicialmente. Com as peças escolhidas empilhadas no chão, é chegada a hora de começar a arrumá-las em seus devidos lugares. Mas antes de falar sobre esse próximo passo, gostaria de lhe contar uma história.

Atendi uma cliente que reclamava de não ter espaço suficiente para guardar todas as suas roupas. Quando fui à casa dela, descobri que ela tinha dois armários enormes e uma arara repleta de peças penduradas. Na hora em que abri os guarda-roupas, meu queixo caiu. Calculei por alto que ela devia ter mais de duas mil peças de roupa. Cuidadosamente pendurados em cabides estavam não apenas casacos e saias, mas também camisetas, suéteres, bolsas e lingeries.

Minha cliente, que era uma dona de casa de cerca de 50 anos, imediatamente iniciou uma detalhada explicação acerca de sua coleção de cabides. "Este é fabricado especialmente para roupas de tricô, para não deixar que as peças escorreguem. Estes aqui foram feitos à mão, comprei-os na Alemanha." Após um discurso de cinco minutos, ela sorriu para mim e disse: "Roupas penduradas não amarrotam e duram mais, certo?" Depois de fazer algumas perguntas, descobri que ela não dobrava absolutamente nada.

Existem duas maneiras de guardar roupas: pendurá-las em cabides ou dobrá-las e colocá-las em gavetas. É compreensível que as pessoas prefiram pendurar as roupas, pois é menos trabalhoso. No entanto, recomendo que, como método principal, você dobre as peças. *Mas é tão chato dobrar roupas!* Se é isso que está pensando, é porque ainda não descobriu a diferença que faz em termos de economia de espaço.

Ainda que isso dependa da espessura das roupas, é possível guardar de 20 a 40 peças no mesmo espaço em que se penduram 10 cabides. A cliente que citei acima tinha apenas um pouco mais de roupas do que a média das pessoas. Se ela dobrasse suas coisas não teria nenhuma dificuldade de guardá-las. Pode-se resolver todos os problemas de falta de espaço simplesmente dobrando as roupas com cuidado e do jeito certo.

E essa não é a única vantagem de dobrá-las; o real benefício é que isso nos obriga a manusear cada peça. Ao passar as mãos pelo tecido, transferimos nossa energia para a roupa. Em japonês, "curar" é "*te-ate*", que significa "colocar as mãos". A expressão vem de uma época anterior à medicina moderna, em que se acreditava que apoiar as mãos sobre um ferimento promovia a cura. Sabemos que o toque carinhoso dos pais possui um efeito calmante nas crianças. De forma semelhante, uma massagem firme, porém gentil, com as mãos é bem mais eficaz para relaxar músculos tensionados do que ser esmurrado por uma máquina massageadora. A energia que flui das mãos parece curar tanto o corpo quanto a alma.

O mesmo vale para as roupas. Quando seguramos uma peça e a dobramos com cuidado, acredito que lhe transmitimos energia. Dobrar da maneira correta deixa o tecido esticado, evita que amasse e dá mais elasticidade e resistência ao material. Além disso, é muito mais fácil visualizar as peças assim do que quando estão enfiadas de qualquer jeito numa gaveta.

O ato de dobrar significa bem mais do que simplesmente deixar as roupas compactas para facilitar o armazenamento. É um gesto de cuidado, uma expressão de amor e gratidão pela maneira como elas protegem nosso corpo. Nesse processo temos a oportunidade de examiná-las uma a uma, avaliando o seu estado e os nossos sentimentos em relação a elas.

Como dobrar

A melhor maneira de dobrar para conseguir a aparência perfeita

As roupas estão lavadas e prontas para serem guardadas, e é neste ponto que muitas pessoas ficam perdidas. É uma tentação deixar as peças empilhadas (às vezes emboladas) em cima de um móvel para pegá-las à medida que for precisando. Muita gente faz isso em vez de passar, dobrar e guardar toda a roupa limpa de uma só vez. Dessa forma, a pilha vai crescendo, crescendo, até tomar conta de todo o espaço.

Se você faz isso, não se preocupe. A maioria dos meus clientes também tinha esse hábito antes de frequentar meu curso. Muitos enfiavam as roupas lavadas direto no armário, sem o menor cuidado. Já vi guarda-roupas extremamente bagunçados, com as gavetas abarrotadas e as roupas emboladas como macarrão parafuso. Essas pessoas não tinham ideia do significado da palavra "dobrar". Mas acabaram descobrindo que é divertido fazer isso.

O primeiro passo é imaginar como o interior das gavetas ficará quando você tiver terminado o trabalho. A meta é organizar o conteúdo de forma que se consiga ver onde se encontram todos os itens com um simples passar de olhos, como se fossem livros numa prateleira. O segredo é arrumar na vertical e não na horizontal. Há quem imite a maneira como as lojas expõem as roupas, dobrando cada peça em um grande quadrado e armazenando uma em cima da outra, em camadas. Essa estratégia é ótima para exposição temporária nas lojas, mas não é o que buscamos em casa a longo prazo.

Para arrumar as roupas na vertical, elas precisam ficar mais compactas, o que significa que terão mais dobras. Alguns temem que isso resulte em mais vincos, mas não é o caso. Não é o número de dobras que causa vincos, e sim a pressão que se aplica sobre elas. Até roupas dobradas com cuidado ficarão marcadas se forem empilhadas, pois o peso das peças as pressionará.

Assim que você tiver imaginado como vai ficar o interior das suas gavetas, pode começar o trabalho. O objetivo é deixar cada peça no formato de um retângulo liso. No caso de camisas, primeiro dobre os dois lados para dentro, no sentido do comprimento, de modo que forme um retângulo comprido. Dobre as mangas. Em seguida, dobre o retângulo ao meio, juntando uma ponta à outra, e então dobre ao meio novamente. Se preferir, em vez de fazer a segunda dobra ao meio, você pode dobrar um terço e depois outro terço. A peça deve ser dobrada até que fique na altura da gaveta. Você deve dobrar de tal forma que a peça consiga ser mantida "em pé". Se a dobra estiver pouco firme e "desmoronar", é sinal de que o seu jeito de dobrar não é adequado para esse tipo de roupa. Cada peça tem um "ponto secreto" que a deixa na forma ideal. Isso varia de acordo com o material e o tamanho, portanto é preciso ajustar o método até descobrir o que funciona melhor. Não é difícil: basta ajustar a altura da dobradura de maneira que a peça se mantenha em pé.

Tecidos finos e moles podem ser dobrados de forma mais compacta, e tecidos volumosos devem ser menos compactados. Nos casos em que uma das pontas da peça é mais volumosa que a outra, mantenha na mão a parte menos volumosa quando for dobrar.

Nada traz mais satisfação do que encontrar o "ponto ideal", em que a peça mantém sua forma depois de dobrada e fica "em pé" sozinha. Parece uma súbita revelação - então é *assim* que você sempre quis ser dobrada! -, um especial momento de conexão entre sua mente e a peça de roupa.

Organizando as peças

O segredo para "energizar" seu guarda-roupa

É muito bom abrir o armário e ver as roupas de que você gosta arrumadinhas nos cabides. Mas, em geral, ele está tão desorganizado que é simplesmente impossível achar alguma coisa ali.

Existem duas causas possíveis para essa bagunça. A primeira é que o guarda-roupa pode estar cheio demais. Algumas pessoas armazenam tanta coisa que não conseguem encontrar nada - e, quando acham, precisam tirar uma pilha de roupas de cima da peça que desejam pegar. Às vezes os cabides ficam tão espremidos que é difícil tirá-los do lugar sem causar uma avalanche de outros cabides. Casos assim são extremos, mas é verdade que a maioria das pessoas guarda muito mais roupas do que precisa. Esse é um dos motivos pelos quais recomendo dobrar o máximo de itens possível. É claro que algumas peças devem mesmo ser penduradas, como casacos, ternos, blazers, saias e vestidos. Meu critério é o seguinte: coloque em cabides todas as roupas que você achar que parecem mais "felizes" penduradas, como aquelas de tecidos finos que ficam esvoaçantes quando passa uma brisa e peças de alfaiataria que protestam ao serem dobradas.

A outra causa de um armário bagunçado é a falta de informação. As pessoas simplesmente não sabem como organizar as roupas em cabides. A regra mais básica é pendurar peças da mesma categoria lado a lado, dividindo o espaço em seções de blazers, vestidos etc. Você pode transformar completamente o seu guarda-roupa apenas aplicando esse princípio.

Muitos afirmam que, ainda assim, o armário volta a ficar desarrumado em pouco tempo. Então vou contar um segredo que ajuda a manter as coisas no lugar: posicione as roupas de modo que "apontem para a direita". Pare um momento e desenhe duas setas – uma horizontal apontando para a direita e outra inclinada, descendo para a esquerda. Você pode fazer isso no papel ou no ar, com o dedo. Seguindo esta dica, o conteúdo do armário fica mais equilibrado.

Para colocar esse princípio em prática, pendure peças pesadas no lado esquerdo e as mais leves no lado direito do armário. Na categoria peças pesadas estão incluídas as mais compridas, as de tecidos pesados e as escuras. Quanto mais para a direita, mais curtas, claras e leves elas devem ser. Em termos de categorias, à extrema esquerda devem ficar os casacos, seguidos de vestidos, blazers, calças, saias e blusas. Esta é a ordem básica, mas é lógico que o que é considerado "pesado" pode variar. Tente criar a impressão de que as peças estão numa ascendente para a direita. Além disso, dentro de cada categoria, mantenha a regra: roupas mais pesadas à esquerda e mais leves à direita. Esse esquema de arrumação traz um grande bem-estar. Quando vemos um guarda-roupa organizado desse modo, nossos batimentos cardíacos se aceleram e as células do corpo ficam energizadas. Essa energia é transmitida para suas roupas. Mesmo com as portas do armário fechadas o quarto vai parecer renovado. Depois de ter essa sensação, você nunca mais vai deixar de organizar por categoria.

Duvida que mudanças tão pequenas produzam efeitos tão poderosos? Então experimente. Você não vai demorar mais que 10 minutos para fazer a arrumação por categoria. Mas não se esqueça: primeiro é preciso manter no armário apenas aquelas roupas que você realmente adora.

Guardando as meias

Trate suas meias e meias-calças com respeito

Você já fez algo que acreditava ser bom e depois percebeu que sua atitude magoou alguém? Isso é mais ou menos o que fazemos com as nossas meias.

Certa vez, visitei uma cliente de 50 e poucos anos e, como sempre, começamos os trabalhos pelas roupas. Repassamos calmamente seu guarda-roupa, terminamos de organizar as roupas íntimas e estávamos prontas para arrumar as meias. Quando ela abriu a gaveta das meias, fiquei chocada. Era um amontoado de bolotas! Ela havia enrolado as meias formando bolas e amarrado as meias-calças dando um nó no meio. Fiquei sem palavras. Vendo minha cara de espanto, ela sorriu sem jeito e disse: "Assim fica fácil encontrar o que preciso e bem melhor de guardar, não acha?" Não, não acho. Vou declarar uma coisa de uma vez por todas: nunca, jamais dê um nó em suas meias-calças; nunca, jamais enrole suas meias como bolas.

Apontei para as bolotas de meias e perguntei: "Olhe bem para isso. Elas deveriam estar descansando. Você acha mesmo que conseguem descansar assim?"

É isso mesmo. As meias e meias-calças guardadas na gaveta estão de férias. Levam uma surra no trabalho do dia a dia, aguentando a pressão e a fricção para proteger seus preciosos pés. O tempo que passam no armário é a única chance que elas têm de descansar. Mas se estiverem enroladas como bolas ou com um nó no meio ficarão num estado permanente de tensão, com o tecido esticado e o elástico distendido. Enroladas assim, rolam e batem umas nas outras toda vez que se abre e fecha a gaveta. Aquelas que têm a infelicidade de ser empurradas para o fundo da gaveta geralmente são esquecidas por tanto tempo que o elástico afrouxa sem possibilidade de recuperação. Quando o dono enfim repara nelas já é tarde demais e são relegadas à lixeira. Pode haver tratamento pior?

Vamos começar com a maneira de dobrar as meias-calças. Se estiverem amarradas, comece desatando o nó! Una as pontas das meias, dobrando a meia-calça ao meio no sentido do comprimento. Em seguida, dobre-a em três partes, de modo que a parte dos pés fique para dentro e o elástico da cintura fique ligeiramente para fora. Por fim, enrole a meia-calça em direção ao elástico da cintura. Se o elástico ficar para fora quando você tiver terminado é porque fez da forma correta. Use esta mesma técnica para as meias ¾ (aquelas que vão até abaixo do joelho). No caso de materiais mais volumosos, como as meias-calças de inverno, é mais fácil enrolar se forem dobradas ao meio, em vez de em três partes. O importante é que as meias-calças fiquem firmes e estáveis quando estiverem enroladas, como se fossem sushis.

Ao guardar na gaveta, posicione as meias-calças de modo que o "redemoinho" fique visível. Uma caixa de sapatos é o local ideal para guardá-las, pois não deixa que elas fiquem frouxas e desenrolem. Além disso, permite que você as visualize rapidamente e que as mantenha esticadas e sem vincos – portanto, mais fáceis de vestir.

Dobrar meias é ainda mais fácil. Se você costuma fazer bolas, pare com isso já. Coloque um pé da meia sobre o outro e siga os mesmos princípios usados para as roupas. Para meias soquete, que apenas cobrem os pés, dobrar ao meio juntando as pontas é suficiente; as de cano curto, que vão até o tornozelo, devem ser dobradas em três partes; meias ¾ e aquelas que cobrem o joelho devem ser dobradas de quatro a seis vezes. Ajuste o número de dobras de acordo com a altura da sua gaveta, sempre lembrando que o objetivo é formar um retângulo simples. Vá arrumando as meias nas beiradas. Você vai se surpreender ao notar que ocuparão bem menos espaço em comparação às "bolotas em forma de batatas", e perceberá as meias suspirarem de alívio ao serem libertadas.

Roupas fora de estação

Não é preciso deixá-las fora de vista

A tradição de guardar as roupas fora de estação é antiga. Com o surgimento do ar-condicionado, nossos lares e escritórios estão menos sujeitos ao clima do lado de fora. Hoje em dia é comum ver pessoas carregando casacos no verão por causa do ar-condicionado do trabalho, assim como, nos lugares mais frios, é normal ver gente usando roupas leves no inverno devido ao sistema de aquecimento. Ou seja, isso prova que está na hora de abandonar o hábito de só manter no armário as peças que podem ser usadas na estação vigente.

Meus clientes adoram essa ideia, sobretudo porque podem ter sempre à mão absolutamente todas as roupas que possuem. E isso não requer nenhuma técnica complicada; tudo o que você precisa fazer é organizar seu armário sabendo que poderá manter ao seu alcance as roupas fora de estação. O truque é criar categorias simples ao guardar as peças na gaveta, por exemplo, "camisas de algodão" e "camisas de lã". Separar por estação ou por atividade – como trabalho e lazer – deve ser evitado por ser vago demais. Se o seu espaço for reduzido, guarde fora de vista somente itens pequenos e específicos, como maiôs e chapéus de sol, e cachecóis, luvas e gorros de inverno. Peças grandes, como casacos, devem permanecer no armário em todas as estações do ano.

Algumas pessoas não têm espaço suficiente para guardar roupas de frio e de calor lado a lado, então apelam para o uso de caixas plásticas com tampa. Pessoalmente, não acho uma opção muito prática, já que a tendência é que essas caixas sejam empilhadas ou que se coloque um monte de coisas em cima delas – ou seja, dá um trabalho enorme na hora de tirar algo lá de dentro. No fim das contas, as pessoas acabam deixando as roupas confinadas ali para sempre. Por isso, se quiser guardar as peças de outra estação separadas das de uso imediato, recomendo que compre um gaveteiro.

Não importa onde guarde as peças, uma regra comum é: de vez em quando, abra as gavetas ou as portas dos armários para deixar entrar um pouco de luz e ar. Passe as mãos pelas roupas. Faça com que saibam que você se importa com elas e que anseia por usá-las novamente. Essa comunicação mantém as peças vibrantes e faz o relacionamento entre vocês durar mais.

Como guardar livros

Coloque todos no chão

Quando tiver terminado a arrumação das roupas, será a hora de passar para os livros. Esse é um dos itens dos quais as pessoas têm mais dificuldade de se desfazer.

Uma de minhas clientes, uma mulher de cerca de 35 anos, era apaixonada por livros. Lia todos os gêneros e tinha uma biblioteca considerável. Seu quarto era repleto de livros, dispostos em três grandes estantes que iam até o teto, também havia umas 20 pilhas desordenadas espalhadas pelo chão. Eu precisava me contorcer para andar pelo quarto sem derrubar tudo.

Disse a ela o que digo para todos os clientes:

– Por favor, comece retirando todos os livros das estantes e espalhando-os pelo chão.

Ela arregalou os olhos.

– Todos? Mas são muitos!

– Sim, eu sei. Todos, por favor.

– Mas... – Ela hesitou por alguns instantes, à procura de palavras. – Não seria mais fácil escolhê-los enquanto ainda estão nas prateleiras? Assim consigo ver os títulos com mais facilidade.

Livros geralmente ficam enfileirados em prateleiras, de modo que seus títulos fiquem visíveis, portanto eu entendo que faça sentido decidir quais serão excluídos enquanto se consegue vê-los nessa disposição. Além do mais, são pesados. Tirar todos eles das prateleiras, para depois colocá-los de volta, parece um desperdício de tempo e esforço. Mesmo assim, não pule este passo, retire-os da estante. Você não será capaz de decidir se um livro é realmente importante se ele permanecer na prateleira. Assim como roupas e outros pertences, livros que ficam muito tempo guardados entram em estado de dormência. Eles se tornam quase invisíveis: embora estejam diante de seus olhos, você nunca olha para eles de verdade.

Perguntar se um objeto inerte e sem uso lhe traz alegria não tem muito sentido. Para decidir se quer ficar com algo ou não, é preciso despertá-lo do período de hibernação. Se os livros já estiverem no chão, mudá-los de lugar já faz diferença. O importante é fazer o objeto ganhar vida. Quando ajudo meus clientes a organizar seus livros, coloco-me diante das enormes pilhas e aliso as capas carinhosamente. De início, eles me olham de maneira estranha, porém acabam se surpreendendo com a rapidez com que conseguem se decidir depois disso.

Se houver livros demais para colocar no chão de uma vez só, separe-os em quatro categorias:

- GERAL (livros que se lê por diversão)
- PRÁTICA (livros de referência, de receitas etc.)

- VISUAL (coletâneas de fotografias etc.)
- REVISTAS

Depois de separá-los em pilhas, segure um a um e decida se deseja mantê-lo ou descartá-lo. O critério é o mesmo de sempre: provocar uma sensação de prazer ou não. Lembre-se de que é preciso *tocá-los*. Não comece a ler os livros, pois isso irá prejudicar seu julgamento, fazendo com que você se pergunte se *precisa* deles e não se *gosta* deles. Imagine como seria ter prateleiras contendo apenas livros que você adora. Para quem ama livros, o que poderia trazer mais felicidade?

Livros ainda não lidos

"Algum dia" equivale a "nunca"

As desculpas mais comuns que as pessoas dão para não se desfazerem de um livro são "posso querer ler este livro um dia" ou "posso ter vontade de relê-lo". Pare um momento e conte quantos são os seus favoritos, aqueles que você realmente irá reler. Quantos são? Para algumas pessoas, esse número não passa de cinco. Para outras, pode chegar a uma centena. Mas, convenhamos, em geral quem lê tantos livros mais de uma vez tem profissões específicas, como escritores ou professores. Então sejamos realistas: na verdade, você vai reler bem poucos dos livros que guarda. Ou seja, assim como acontece com as roupas, você precisa refletir um pouco sobre a função desses objetos.

Livros são essencialmente papel – folhas de papel com letras impressas. Seu verdadeiro propósito é ser lido, é transmitir informações. Essas informações é que têm significado, e não o livro em si. Você lê pela experiência da leitura. Você já teve essa vivência com os livros que leu, já absorveu seu conteúdo, mesmo que não se lembre dele. Logo, no momento de decidir o que irá guardar, não fique pensando se vai querer ler determinado livro de novo ou se domina seu conteúdo. Em vez disso, segure cada livro e sinta se ele o inspira ou não. Mantenha aqueles que lhe deixam feliz apenas por estarem ali, aqueles que você adora de verdade. Isso inclui este livro: se não sentir qualquer alegria ao segurá-lo, prefiro que o jogue fora.

E quanto aos livros que você começou a ler e nunca terminou? Ou aos que comprou mas ainda não começou a ler? O que fazer com esses livros que você pretende ler *algum dia*? A internet facilitou a compra de livros, porém, como consequência, fez com que as pessoas tivessem muito mais livros não lidos do que antes. Tornou-se comum que as pessoas comprem um livro e pouco tempo depois já adquira outro sem sequer ter lido o primeiro. O problema dos livros que pretendemos ler é que são bem mais difíceis de descartar do que os que já lemos.

Certa vez, dei uma aula de organização para o presidente de uma grande empresa. As estantes do escritório dele eram repletas de títulos pomposos que ele acreditava que um homem em sua posição deveria ler, e havia tanto os clássicos quanto os best-sellers mais recentes. Era como entrar em uma livraria. Tive a sensação de estar naufragando. Tal como eu previra, na hora de decidir, ele incluiu um livro após o outro na pilha de "manter". Quando terminou, não havia descartado nenhum. Quando o questionei a respeito, ele deu a resposta clássica: "É que posso querer ler esses livros algum dia." Lamento informar que, pela minha experiência, sei que esse "algum dia" nunca chegará.

Se você perdeu a chance de ler determinado livro, ainda que tenha sido recomendado ou que você tenha desejado lê-lo tempos atrás, esta é a sua chance de libertá-lo. Você pode ter desejado lê-lo quando o adquiriu, mas se não o fez até agora a função desse livro foi ensinar que você não precisava dele. Não há necessidade de terminar livros que você para de ler na metade. Portanto, livre-se de todos eles. Será bem melhor ler um livro que realmente desperta seu interesse hoje do que um que deixou acumular poeira durante anos.

Pessoas com extensas coleções geralmente são leitoras assíduas. Por isso não é raro ver muitos livros de referência e guias de estudo nas estantes de clientes com esse perfil. Encontro uma infinidade de livros técnicos, cujos temas vão de contabilidade a filosofia, de computação a aromaterapia. Já vi adultos que guardam até seus livros da época da escola.

Se você possui muitos livros não lidos, aconselho que pare de insistir que irá lê-los e se livre de todos hoje mesmo. Por quê? Porque as chances de você pegar neles são mínimas. Estatisticamente, apenas 15% dos meus clientes de fato leem algum livro que ficou muito tempo na lista dos não lidos. Quando questionadas sobre o motivo de guardarem tantos exemplares sem utilidade, as pessoas costumam responder: "Eu gostaria de aprender mais sobre isso", "Vou voltar a estudar quando tiver um pouco mais de tempo", "Achei que seria útil aprender inglês", "Queria ler sobre contabilidade porque trabalho com administração" e outras coisas que giram em torno de algo que pretendem fazer "algum dia".

Se até hoje você não fez o que pretendia, jogue o livro fora. Só depois de descartá-lo você poderá avaliar o seu nível de interesse por aquele assunto. Se não sentir falta, então você fez o que devia fazer. Se você quiser tanto o livro a ponto de estar disposto a comprar outro exemplar, compre um – e desta vez leia-o.

Livros para guardar

Aqueles que estão no Hall da Fama

Hoje em dia, minha coleção possui no máximo 30 volumes. Eu amo livros e sempre tive muita dificuldade em descartá-los. A primeira vez que organizei minha biblioteca usando como critério a alegria que os livros me proporcionavam fiquei com 100 títulos na estante. Embora não fosse muito, achei que dava para reduzir ainda mais esse número e resolvi olhar o que eu tinha com mais cuidado. Comecei pelos livros cujo descarte era um verdadeiro tabu. O primeiro da lista era *Alice no País das Maravilhas*, que li inúmeras vezes desde a infância. Livros assim, que integram o que chamo de Hall da Fama, são fáceis de identificar. Em seguida, analisei os livros que me davam prazer, mas não a ponto de entrar para o Hall da Fama. Ao longo dos anos, os títulos que integram essa categoria mudam, junto com os nossos interesses. Mas a ideia é sempre manter apenas o que estiver nessa lista no momento.

Os mais difíceis de descartar são aqueles livros que nos proporcionam um prazer moderado – aqueles que têm trechos que nos ensinaram algo e que podemos querer reler. Mesmo não tendo a menor vontade de me desfazer deles, não podia ignorar o fato de que só me davam um pouco de alegria. Assim, comecei a buscar uma maneira de me desapegar deles sem arrependimentos e acabei chegando ao "método de redução de volume". Ciente de que o que me interessava não era o livro em si mas sim algumas informações que ele continha, achei que se mantivesse somente o necessário eu seria capaz de jogar fora o restante.

Minha ideia era copiar as frases inspiradoras num caderno. Com o tempo, ele se tornaria um acervo pessoal de palavras de sabedoria favoritas. Seria divertido relê-lo anos depois e ver aonde meus interesses teriam me levado. Empolgada, peguei um caderno bem bonito e coloquei o plano em prática. Comecei sublinhando o que ia copiar, em seguida escrevi o título do livro no alto da página e comecei a transcrever as frases. Mas logo percebi que era um processo trabalhoso demais. Era demorado fazer as transcrições; e ainda tinha que escrever com uma letra caprichada para eu conseguir ler no futuro. Fiz as contas e descobri que copiar 10 trechos de um único livro levaria pelo menos meia hora. Só de pensar em fazer isso com 40 livros fiquei tonta.

Meu plano seguinte foi fazer fotocópias. Eu tiraria xerox dos trechos que me interessassem, recortaria e colaria no caderno. Seria bem mais fácil e rápido. Mas, quando tentei, percebi que também era muito trabalhoso. Então decidi arrancar as páginas importantes dos livros. Colar as folhas no caderno também era chato, então simplesmente passei a guardá-las numa pasta. Gastei somente cinco minutos em cada livro, me livrei de 40 exemplares e mantive as passagens que me agradavam. Fiquei bastante satisfeita com o resultado. Dois anos após criar este "método de redução de volume", me dei conta de que nunca tinha aberto a pasta. Tanto esforço apenas para aliviar minha consciência.

Recentemente, notei que ter menos livros intensifica o impacto daquilo que leio, pois reconheço as informações importantes com mais facilidade. Muitos clientes, em especial os que se desfizeram de uma quantidade substancial de livros e papéis, observaram o mesmo. Em relação aos livros, timing é tudo. O primeiro encontro com um livro é o momento ideal para lê-lo. Para não perder esse momento, recomendo que você mantenha um acervo pequeno.

Organizando a papelada

Regra geral: jogue tudo fora

Assim que tiver terminado de organizar seus livros, é hora de passar para a papelada. Vamos ver o que fazer, por exemplo, com o porta-correspondência fixado na parede transbordando de envelopes, os avisos da escola presos com ímãs na geladeira, o convite para a reunião de pais largado junto ao telefone, os jornais que se acumularam sobre a mesa nos últimos dias. Há diversos pontos da casa em que os papéis se empilham como flocos de neve.

Ao contrário do que podemos pensar, acumulamos tanta papelada em casa quanto no escritório. Quando param para organizar tudo de uma só vez, meus clientes costumam descartar, em média, dois sacos de lixo com capacidade para 45 litros de papéis inúteis. Teve um cliente que encheu 15 sacos. É realmente difícil administrar tantos papéis, e algumas pessoas me deixam chocada com sua maneira de organizá-los. Quando peço que me expliquem seus métodos, as respostas são bem específicas.

"Papéis relacionados às crianças ficam nesta pasta. Aquela é a de receitas. Artigos de revistas ficam aqui, manuais de eletrodomésticos ali..." São tantas categorias diferentes que nem consigo acompanhar. Preciso confessar que detesto arquivar papéis! Nunca uso pastas nem etiquetas. Este sistema pode funcionar bem no ambiente de trabalho, em que muitas pessoas acessam os mesmos arquivos, porém não há necessidade de ser tão detalhista em casa.

Meu princípio básico para separar papéis é jogar tudo fora. Meus clientes ficam perplexos quando digo isso, mas não há nada mais irritante do que papelada. Afinal, eles nunca nos trarão alegria. Por isso recomendo que você descarte tudo que não se enquadrar em uma dessas três categorias: o que está em uso atualmente, o que será necessário durante um determinado período de tempo e o que precisamos guardar para sempre.

Um aviso: documentos de valor sentimental, como diários e antigas cartas de amor não estão incluídos na categoria "papelada". Tentar selecionar estes itens diminui drasticamente a velocidade da sua organização. Nesse primeiro momento, limite-se a avaliar os papéis que não lhe provocam nenhuma emoção e termine a tarefa de uma vez só. Cartas de amigos, bilhetes de amor e desenhos feitos pelos filhos ficam para quando você for arrumar os itens de valor sentimental.

Depois de organizar a papelada e jogar fora o que é inútil, o que você deve fazer com o que decidiu manter? Meu método de arquivamento é extremamente simples. Divida tudo em duas categorias: papéis para guardar e papéis em relação aos quais será necessário fazer algo. Nesse último grupo estão incluídos formulários que devem ser entregues, cartas que devem ser respondidas e jornais que ainda serão lidos. Reserve um local especial para esses papéis com que você ainda terá de lidar. Coloque todos no mesmo lugar e nunca deixe que se espalhem pela casa. Aconselho o uso de um organizador vertical para armazená-los de pé. Toda a papelada que requeira sua atenção deve ser colocada ali, sem necessidade de separação.

Quanto aos papéis que precisamos guardar, subdivido-os de acordo com a frequência de uso. Novamente, não faço nenhuma setorização complicada, apenas separo os de pouco uso e os de uso frequente. Entre os de pouco uso estão apólices de seguro e garantias de eletrodomésticos. Essas coisas não nos trazem alegria, mas são importantes, então temos que guardá-las. Como raramente precisamos acessá-las, não há necessidade de se esmerar muito na arrumação. Minha sugestão é que você guarde tudo numa única pasta de plástico sem se preocupar em categorizá-las.

A outra subcategoria é a dos papéis que temos de mexer com mais frequência, como apostilas de cursos e documentos. Não faz sentido guardá-los se não for para tê-los à mão facilmente. Por isso, recomendo que você use uma daquelas pastas catálogo, onde são presas folhas plásticas. Esta é a categoria mais traiçoeira, pois esses papéis tendem a se multiplicar. Reduzir o volume é fundamental.

Resumindo: os papéis devem ser organizados em duas categorias: os que necessitam de atenção (contas a pagar, cartas a serem respondidas etc.) e os que precisamos guardar (documentos, contratos, contas pagas, garantias e manuais). O segredo é manter todos os papéis da mesma categoria em uma única pasta ou arquivo, sem subdividi-los em grupos menores. Apenas a categoria "guardar" deve ser subdividada em "uso raro" e uso frequente". Ou seja, bastam três pastas. E lembre-se: a pasta de papéis que "requerem atenção" deve ficar vazia. Se há papéis ali, significa que você deixou coisas pendentes e deve cuidar delas.

Tudo sobre papelada

Como organizar papéis complicados

Minha política consiste basicamente em jogar tudo fora, mas sei que há alguns papéis que precisamos manter. Então vamos ver o que fazer com eles.

Material de estudo

Quem estuda ou procura se aprimorar profissionalmente costuma participar de diversos cursos. Há aqueles que adoram fazer cursos e aprender sobre temas variados, como oratória, artesanato, línguas, finanças etc. E isso é ótimo, mas o problema é que essas pessoas, em geral, são incapazes de descartar o material usado nessas aulas.

A intenção é voltar a ler e estudar o conteúdo dessas apostilas, mas a verdade é que isso nunca acontece. Vejo muita gente acumulando materiais de diferentes cursos sobre o mesmo tema e jamais tocando neles novamente. Acho que não vale a pena guardar isso. Se o conteúdo não é posto em prática, os cursos não servem para nada. Por que as pessoas pagam caro por eles se podem obter o mesmo conhecimento em livros ou na internet? Porque querem sentir a paixão do professor e vivenciar o ambiente de aprendizagem. O verdadeiro material é a aula em si. Para ter acesso a ele, é preciso apenas estar presente, e não guardar um monte de papel.

Quando você se matricular em algum curso, esteja ciente de que não vai guardar nenhuma apostila que lhe for entregue. Se você se arrepender de jogar o material fora, meu conselho é enfático: matricule-se novamente no mesmo curso e, dessa vez, trate de colocar os ensinamentos em prática. Sei que pode soar contraditório, mas acredito que o fato de guardarmos o material faz com que não absorvamos totalmente os conceitos.

Comprovantes de pagamentos

Esse é um assunto polêmico. Cada tipo de conta (cartão de crédito, água, luz, telefone, aluguel, prestação do carro etc.) deve ser mantido por um tempo específico, que, em geral, varia de três a cinco anos. O que muita gente não sabe é que as empresas prestadoras de serviços são obrigadas a enviar, no final do ano, um recibo de quitação anual. Isso significa que os comprovantes dos 12 meses podem ser substituídos por esse único documento.

No fundo, acho que essa pilha de papeizinhos não serve para muita coisa, mas não dá para abrir mão deles por uma questão de segurança – são a sua prova de que os pagamentos foram realizados. Então arranje um lugar para eles e guarde-os.

Garantias de eletroeletrônicos

Seja uma televisão, um liquidificador ou uma câmera digital, todo aparelho vem com um certificado de garantia. Esse é o tipo de documento mais presente em qualquer casa. No entanto, quase ninguém os organiza da maneira correta.

Muitas pessoas arquivam as garantias em pastas com plásticos transparentes ou naquelas tipo sanfona. O que atrai nessas pastas é que os documentos podem ser guardados em compartimentos separados. Mas é justamente aí que está a armadilha: é muito fácil esquecer as coisas lá dentro. Em geral, os manuais de instruções devem ser guardados na mesma pasta. Vamos falar deles já, já.

O método que recomendo consiste em colocar todas as garantias numa única pasta, sem separá-las por categorias. Quase nunca precisamos delas, então não faz sentido gastar tanto tempo e espaço para arquivá-las. É mais fácil guardar todas juntas, então basta procurar um pouquinho quando tivermos que pegar uma delas. Se forem separadas em categorias, haverá menos oportunidades de cada uma ser vista. Por outro lado, se tivermos de passar os olhos por todas quando precisarmos de alguma delas, será uma excelente oportunidade de verificar o vencimento do prazo das demais garantias.

Sobre os manuais: jogue todos fora. Você definitivamente não precisa deles. Seja sincero, qual foi a última vez que você leu algum? É claro que alguns são úteis, como os de computadores. Mas até eles podem ser descartados. Se você tiver alguma dúvida ou algum problema, em geral conseguirá resolver sozinho, mexendo no próprio aparelho. Se não funcionar, com certeza vai encontrar uma solução na internet.

Esse é o conselho que dou para todos os meus clientes, portanto garanto: jogar manuais no lixo não traz arrependimento nenhum.

Cartões de felicitações

Os cartões que recebemos de Natal, ano-novo e aniversário cumprem sua função no momento em que terminamos de lê-los. Não há necessidade de guardá-los. Demonstre gratidão pela função que desempenharam e deixe-os partir. Se quiser guardar os cartões para ter o endereço do remetente, fique apenas com o mais recente. Jogue no lixo os que tiverem sido enviados há dois anos ou mais, exceto aqueles que realmente tocam o seu coração.

Canhotos de talões de cheque usados

Canhotos de talões de cheque usados não servem para nada. Você não vai olhá-los novamente; se olhar, isso não vai aumentar a quantia que você tem no banco. Portanto, livre-se deles.

Contracheques

O objetivo dos contracheques é informar quanto foi recebido naquele mês. Sua utilidade termina assim que você verifica o conteúdo.

Komono (Itens diversos – parte 1)

Guarde objetos porque gosta deles – e não "porque sim"

Abro uma gaveta na casa de uma cliente e encontro uma caixinha. Mesmo sem abri-la, já sei o que vou encontrar: moedas, grampos de cabelo, borrachas, botões soltos, peças de relógios de pulso, baterias usadas, sobras de remédios, amuletos e chaveiros. E por aí vai. Se eu perguntar para a cliente por que ela guarda essas coisas, tenho certeza de que vai responder "Porque sim".

Muitos itens da casa são tratados da mesma maneira. São guardados, arquivados e acumulados "porque sim", sem que se pense a respeito. Chamo esta categoria de *komono*, palavra japonesa que significa "pequenos objetos; itens variados; acessórios; pequenos utensílios ou ferramentas; peças ou complementos; pessoa insignificante; coisas sem importância". Não é de admirar que as pessoas não saibam o que fazer com coisas cujo significado é tão vago e abrangente. Mas está na hora de dar um basta nessa atitude de "porque sim". Esses itens desempenham um papel importante na manutenção do seu estilo de vida e, portanto, merecem ser avaliados e ter um destino adequado.

Ao contrário de roupas e livros, esta categoria inclui uma gama bem diversa de elementos. A ideia de classificar e organizar todos eles pode parecer desanimadora. Porém, se lidarmos com eles na ordem certa, a tarefa se tornará bem mais simples. A ordem básica é a seguinte:

- CDs E DVDs
- PRODUTOS DE BELEZA PARA A PELE
- MAQUIAGEM
- ACESSÓRIOS
- DOCUMENTOS (passaportes, cartões de crédito etc.)
- EQUIPAMENTOS ELETROELETRÔNICOS (câmeras digitais, fios e cabos, qualquer coisa que pareça remotamente "elétrica")
- UTILIDADES DA CASA (artigos de papelaria, kits de costura etc.)
- PROVISÕES DA CASA (descartáveis como remédios, detergentes, lenços de papel etc.)
- UTENSÍLIOS DE COZINHA/GÊNEROS ALIMENTÍCIOS
- OUTROS

(Se você tiver muitos itens relacionados a um interesse em particular ou um hobby, como ciclismo ou cinema, por exemplo, considere essa uma categoria à parte).

Recomendo esta ordem específica porque é mais fácil começar com itens pessoais e de conteúdo mais definido. Muita gente vive cercada de quinquilharias de que não precisa "porque sim". Eu encorajo você a fazer um inventário de todos esses itens diversos que possui e a manter apenas aquilo que lhe dá alegria, e nada além disso.

Dinheiro miúdo

Faça com que o seu lema seja "para dentro da carteira"

Você tem moedinhas espalhadas por toda parte? Uma ou duas no fundo da bolsa, outra no fundo de uma gaveta ou sobre a mesa? Sempre encontro moedas perdidas em lugares aleatórios quando ajudo um cliente a colocar a casa em ordem. Rainhas da categoria *komono*, as moedas têm o mesmo valor que as notas, mas são tratadas com muito menos respeito.

Minha recomendação em relação a elas é bem simples: toda vez que encontrar uma moedinha, coloque-a direto na sua carteira. Ao contrário do que fazemos nas outras categorias, você não precisa juntar todas as moedas espalhadas pela casa, e sim guardá-las sempre que as vir.

Ao juntar moedas num "porquinho", você está apenas trocando o lugar onde elas serão ignoradas. As pessoas tendem a esquecer os cofrinhos, a não ser que estejam juntando dinheiro para um objetivo específico. Se você está acumulando moedas simplesmente para ver quantas consegue juntar, chegou a hora de depositá-las no banco.

Ao longo dos anos, notei que há uma diferença na maneira como homens e mulheres tratam o dinheiro miúdo. Eles costumam deixá-lo nos bolsos ou num lugar onde fique à vista, como uma cômoda ou mesa. Elas, por sua vez, deixam o troco em caixinhas, dentro de gavetas ou mesmo soltas na bolsa. É como se o instinto masculino de estar preparado em caso de perigo e o feminino de proteger o lar se manifestassem no modo de tratar as moedas. Curioso, não?

Komono (Itens diversos – parte 2)

Descartáveis – mais coisas que você guardou "porque sim"

Existe um número surpreendente de objetos que identificamos facilmente como descartáveis sem que seja necessário questionar se são fonte de alegria. Já ressaltei aqui a importância de descartar certas coisas de que temos dificuldade de abrir mão. Ao colocar a casa em ordem, também é fundamental prestar atenção naquelas coisas que guardamos por nenhuma razão especial. Por incrível que pareça, a maioria das pessoas não faz ideia da quantidade de espaço que as miudezas ocupam em casa.

Presentes

Um prato que você ganhou de casamento e continua guardado na caixa, no alto do armário. O chaveiro que um amigo lhe trouxe como suvenir de viagem e está esquecido numa gaveta. Uma caixa de incenso com aroma estranho que seus colegas de trabalho lhe deram no seu aniversário. O que esses itens têm em comum? São presentes. Alguém especial em sua vida dedicou parte de seu tempo para escolher uma lembrança para você. Presentes são manifestações de afeto e consideração. Você não pode simplesmente jogá-los no lixo, certo?

Bem, vamos fazer uma análise cuidadosa desse assunto. Muitos desses presentes permanecem na embalagem ou são usados uma única vez. Admita: vários deles simplesmente não combinam com seu gosto. A verdadeira função de um presente é *ser recebido*. Presentes não são "coisas" e sim um meio de transmitir o sentimento de alguém. Com essa perspectiva em mente, não há motivo para se sentir culpado por jogar um presente fora. Agradeça pela alegria que sentiu quando o ganhou. É evidente que o ideal seria poder usá-lo com satisfação; contudo, a pessoa que deu o presente certamente não ia querer que você o usasse por mera obrigação ou que o deixasse sem uso, sentindo-se mal toda vez que olha para ele.

Caixas de celulares

Caixas são objetos surpreendentemente volumosos. Portanto, jogue fora a caixa do seu celular assim que tirar o conteúdo de dentro. Você também não precisa do manual nem do CD que vêm junto com ele, pois vai descobrir tudo o que precisa saber à medida que usá-lo. Todos os meus clientes descartam essas coisas e até hoje nenhum deles sentiu falta. Se surgir algum problema, você pode pedir ajuda na loja onde comprou o aparelho ou buscar a resposta na internet. É bem mais rápido do que tentar decodificar a linguagem do manual.

Fios não identificados

Se encontrar um fio ou um cabo e não tiver ideia de sua utilidade, provavelmente nunca irá usá-lo. Fios misteriosos serão sempre isso: um mistério. Tem medo de jogá-los fora e vir a precisar deles um dia? Não tema. Já vi inúmeras pessoas que guardavam mais de um fio ou cabo do mesmo tipo, todos embolados e sem identificação. Qual o objetivo de guardar algo que você não sabe para que serve? Mantenha em casa somente aqueles cuja função você consiga identificar e livre-se do restante. Aposto que alguns desses fios e cabos pertencem a aparelhos que você já nem tem mais.

Botões soltos

Você nunca usará os botões soltos. Na maioria das vezes, quando um botão cai é sinal de que aquela roupa foi bastante usada e aproveitada, e agora é hora de dizer adeus. No caso de blazers e casacos que têm a vida útil maior, recomendo que você costure os botões reserva (que geralmente vêm junto com a peça) no forro assim que comprá-los. Quando cair o botão de alguma roupa e você quiser fazer a reposição para continuar usando a peça, pregue-o imediatamente. No entanto, pela minha experiência posso afirmar que as pessoas quase nunca se dão o trabalho de recolocar o botão no lugar – em vez disso, continuam usando a roupa mesmo sem ele ou a deixam esquecida num canto do armário. Se você não vai mesmo aproveitar os botões reserva, para que guardá-los? E se algum dia precisar de um, você pode achar qualquer modelo em um armarinho.

Caixas de eletrodomésticos

Há quem guarde as caixas de eletrodomésticos por acreditar que, se um dia resolver vendê-los, valerão mais se estiverem nelas. E também há aqueles que as guardam para facilitar o transporte e proteger os aparelhos em caso de mudança. Ora, deixe para se preocupar em conseguir caixas de papelão quando for se mudar. Não faz sentido deixar que uma caixa sem utilidade ocupe espaço em sua casa simplesmente porque você pode vir a precisar dela algum dia.

TVs e rádios com defeito

É comum encontrar aparelhos de rádio e TV quebrados na casa dos meus clientes. Evidentemente, não há motivo para mantê-los. Se você também guarda aparelhos que não funcionam mais, encare a organização como uma oportunidade de se livrar deles.

Roupa de cama para o hóspede que nunca chega

Colchonete, edredom, travesseiro, fronha, cobertor, lençóis – um jogo de roupa de cama ocupa muito espaço. Sempre aconselho meus clientes a se desfazerem dos itens dessa categoria. E raramente eles sentem falta. Vale a pena ter um jogo de cama extra quando se hospeda convidados com frequência e se tem espaço para recebê-los, contudo torna-se desnecessário se você só recebe visita uma ou duas vezes por ano. Quando precisar de um jogo de cama a mais, compre um. Roupas de cama guardadas indefinidamente costumam cheirar a mofo a tal ponto que você jamais as colocaria para seus hóspedes usarem.

Amostras de cosméticos

Você tem amostras de cosméticos que estão guardadas há anos, sem jamais terem sido usadas? Muitas pessoas colecionam essas amostras no intuito de usá-las quando forem viajar, porém parece que nunca se lembram de colocá-las na mala. Consultei diversos fabricantes de cosméticos acerca da validade desses produtos e descobri que, quando a quantidade é ínfima, como no caso das amostras, a deterioração é mais rápida. Alguns produtos duram apenas semanas, outros têm durabilidade de até um ano. Usar cosméticos que podem estar fora do prazo de validade, sobretudo quando se deveria estar curtindo a viagem, parece bem arriscado. Então minha recomendação básica é: jogue tudo fora.

Produtos que foram tendência nos cuidados com a saúde

Cintas emagrecedoras, garrafas de vidro para produzir óleos aromáticos, um extrator de sucos especial, uma esteira ergométrica – parece um desperdício descartar itens caros, nos quais você depositou tantas esperanças. Mas a verdade é que você quase nunca usou nada disso. Eu sei o que você está sentindo nesse momento, mas acredite: você vai ser capaz de se desapegar dessas coisas. A felicidade que sentiu ao comprá-las é o que conta. Não adianta mantê-las pensando no que você pretendia fazer quando as comprou. Assim, expresse gratidão pela contribuição que deram à sua vida, depois descarte-as com a convicção de ter ficado mais saudável por causa delas.

Brindes

Um limpador de tela de celular que você ganhou ao comprar uma bebida, uma caneta esferográfica com o nome da sua empresa gravado, o ventilador que você recebeu de prêmio em um evento, um bonequinho que veio com um refrigerante, um jogo de copos plásticos que ganhou numa rifa, óculos com a logomarca de um fabricante de cerveja, bloquinhos adesivos com o nome de uma companhia farmacêutica estampado, um pacotinho com apenas cinco folhas de lenços de papel, um calendário promocional (ainda na embalagem), um calendário de bolso (sem uso apesar de já terem se passado vários meses). Nenhuma dessas coisas vai lhe proporcionar qualquer prazer. Jogue-as fora sem pestanejar.

Itens de valor sentimental

A casa dos pais não é um refúgio para as recordações

Agora que você já organizou suas roupas, seus livros, papéis e *komono*, já pode partir para a última categoria: os itens de valor sentimental. Deixo-os para o final por serem mais difíceis de descartar. Tal como a palavra sugere, uma lembrança nos faz recordar uma época em que determinado objeto nos trouxe alegria. A ideia de jogá-la no lixo desperta o medo de, com isso, percamos também as memórias que ela carrega. Mas não se preocupe, memórias realmente valiosas nunca desaparecerão, nem mesmo se você se desfizer dos objetos relacionados a elas. Vivemos no presente e não podemos ficar presos ao passado, não importa quanto as coisas tenham sido maravilhosas. A alegria e o entusiasmo que sentimos aqui e agora é o que interessa. Portanto, mais uma vez, a melhor maneira de escolher os objetos que vai manter é segurar cada um e perguntar: "Isto me traz alegria?"

Vou contar o que aconteceu com uma cliente que chamarei de A. Aos 30 anos, A era mãe de duas crianças e morava com cinco pessoas. Quando fui à casa dela para a nossa segunda sessão, percebi que a quantidade de objetos na casa tinha diminuído muito.

– Você realmente se empenhou. Deve ter enchido uns 30 sacos de lixo – comentei.

Muito satisfeita, ela disse:

– Sim, me empenhei muito! Mandei todas as coisas que guardo como recordação para a casa da minha mãe.

Mal pude acreditar no que tinha ouvido. Ela havia praticado o método de organização chamado "enviar as coisas para a casa dos pais". Quando comecei a trabalhar nessa área, achava que tal possibilidade era privilégio de poucos. Muitos dos meus clientes eram mulheres solteiras ou jovens mães que moravam em apartamentos pequenos. Quando me perguntavam se podiam guardar algumas coisas com os pais, eu respondia que sim, desde que o fizessem da forma correta. Só fui me dar conta do meu erro quando minha clientela cresceu e eu descobri o real estado da casa desses pais.

Aprendi que despachar objetos para outro lugar é como empurrar a sujeira para debaixo do tapete. Ainda que a casa de seus pais seja grande e tenha cômodos sobrando, você não deve usá-la como extensão da sua. Até porque as caixas que são enviadas, em geral, nunca mais são abertas.

Bem, depois de algum tempo, a mãe de A também resolveu ter aulas comigo. Quando visitei a casa, constatei que o quarto de A tinha sido mantido intocado: os pertences dela preenchiam toda a estante e agora havia duas grandes caixas no chão. O sonho da mãe era ter um espaço só para ela, onde pudesse relaxar, mas era impossível, pois o único lugar disponível era o quarto que estava tomado pelas coisas de A – que, aliás, já não morava ali fazia muito tempo. Isso não parecia certo. Entrei em contato com a jovem e declarei:

– Sua mãe só poderá concluir o curso depois que vocês duas entrarem num acordo para decidir o que fazer com as coisas que você deixou na casa dela.

No nosso último encontro, A estava muito feliz.

– Agora posso curtir a vida despreocupada! – declarou. Ela foi à casa dos pais e examinou o conteúdo das caixas. Reencontrou diários, fotografias de ex-namorados e uma montanha de cartas e cartões. – Eu enganei a mim mesma quando mandei as coisas de que não conseguia me desfazer para outro lugar. Quando vi aqueles antigos objetos, me dei conta de que vivi aqueles momentos plenamente e fui capaz de agradecer a eles pela alegria que me proporcionaram na época. Ao jogá-las fora, senti que estava confrontando meu passado pela primeira vez na vida.

É isso mesmo. Ao manusear cada item de valor sentimental e decidir o que descartar, você processa seu passado. Se você esconder esses objetos numa gaveta ou numa caixa de papelão, o passado acabará se tornando um peso, um empecilho para que você possa viver o aqui e agora. Colocar as coisas em ordem significa zerar tudo para poder seguir em frente.

Fotografias

Celebre quem você é hoje

O último item na categoria dos itens de valor sentimental são as fotos. Evidentemente, tenho um bom motivo para deixá-las para o final. Se você selecionou e descartou suas coisas na ordem que recomendei, é bem provável que tenha encontrado fotografias nos mais diferentes lugares, talvez entre os livros numa prateleira, na gaveta da escrivaninha ou escondidas em caixas onde objetos variados estavam guardados. A maior parte pode estar em álbuns, mas acredito que haja uma ou outra no meio de uma carta ou até mesmo no envelope da loja de revelação que as imprimiu. Como as fotos aparecem nos lugares mais inesperados quando estamos mexendo nas outras categorias, é bem mais eficiente colocá-las num local específico toda vez que encontrarmos uma, para lidarmos com elas apenas na última etapa da organização.

Há mais uma razão para que eu as deixe para o fim. Se você começar a selecionar as fotografias antes de desenvolver a intuição sobre o que lhe dá alegria, o processo inteiro sairá do controle e você chegará a um impasse. Mas, se seguir a ordem correta de organização, a seleção fluirá com tranquilidade e você será capaz de escolher o que manter seguindo o critério do que lhe dá prazer ou não.

Existe apenas uma maneira de selecionar fotografias, e é preciso estar ciente de que isso toma algum tempo. O método correto é retirar todas as fotos dos álbuns e olhá-las uma a uma. Dá trabalho, mas é a única forma.

Retratos existem para registrar uma época ou um evento específico, por isso devem ser olhados com cuidado. Você verá que consegue perceber com clareza a diferença entre aquelas que tocam seu coração e as que não o comovem. Como sempre, mantenha somente as que lhe trazem alegria.

Seguindo este método, você provavelmente manterá cerca de cinco fotos de cada dia de uma viagem especial, mas elas serão tão representativas que evocarão lembranças vívidas de todo o resto. As coisas realmente importantes não são tão numerosas assim. Uma foto de uma paisagem que você não se lembra onde fica deve ir para a lixeira. O sentido de uma foto está no entusiasmo e na alegria que você sente ao tirá-la. Em muitos casos, as fotografias impressas duram mais do que o seu propósito.

Às vezes as pessoas guardam um monte de fotos numa grande caixa com a intenção de apreciá-las algum dia, talvez quando estiverem na terceira idade. Posso lhe dizer desde já que esse "algum dia" nunca chegará. Não saberia dizer quantas caixas de fotografias eu já vi serem herdadas de pessoas que faleceram. Uma conversa típica com meus clientes é mais ou menos assim:

– O que tem naquela caixa?

– Fotografias.

– Então deixe para selecioná-las no final.

– Ah, mas não são minhas. Eram do meu avô.

Esse diálogo sempre me deixa triste. Não consigo deixar de pensar que a vida da pessoa falecida teria sido melhor se o espaço ocupado por aquela caixa tivesse sido desocupado enquanto estava viva. Se você está adiando a tarefa de selecionar as fotos para quando chegar à velhice, não espere mais, faça isso agora. Quando envelhecer, você apreciará bem mais as fotografias se elas já estiverem em um álbum organizado do que se se estiver tudo misturado numa caixa.

Outro item tão difícil de descartar quanto as fotos são as recordações dos filhos. Um presente de Dia dos Pais feito na escola, um desenho do seu filho que foi escolhido pelo professor como o melhor da turma, um enfeite que sua filha criou. Se essas coisas ainda lhe dão alegria, então pode mantê-las. No entanto, se seus filhos cresceram e você está guardando essas lembranças com receio de magoá-los se jogá-las fora, converse com eles a respeito. É bem provável que respondam: "O quê? Você ainda guarda isso?"

E o que dizer das lembranças da própria infância? Você ainda tem os boletins da escola e os diplomas de cursos? Quando vi na casa de um cliente o uniforme escolar de 40 anos antes, até eu senti um aperto no coração – mas, ainda assim, sabia que aquilo precisava ser descartado. Desfaça-se de todas as cartas que recebeu de ex-namorados(as). A finalidade de uma carta se cumpre no momento em que é lida. Hoje, a pessoa que a redigiu já se esqueceu há muito tempo do que escreveu, se é que se lembra de tê-la escrito. Quanto a todas as outras coisas desse tipo que ganhou de presente, fique somente com aquelas que lhe dão alegria. Se você guarda cartas de um antigo amor porque não consegue esquecê-lo, mais um motivo para jogá-las no lixo. Apegar-se a elas pode fazer você perder oportunidades de novos relacionamentos.

Não devemos celebrar as lembranças, mas sim a pessoa que nos tornamos por causa das experiências que tivemos. Esta é a lição que os objetos de valor emocional nos ensinam quando os organizamos. O espaço em que vivemos deve se adequar à pessoa que somos agora, e não àquela que fomos um dia.

Os maiores acumuladores que já vi

Quando vou à casa dos meus clientes para ajudá-los no processo de organização, frequentemente tenho duas surpresas: encontro objetos bastante incomuns ou coisas comuns em quantidades impressionantes. Quanto aos itens atípicos, encontro em todos os espaços. Pode ser um microfone que foi usado por certo cantor, um utensílio de cozinha estranho, etc. De certa forma, isso é até natural, visto que meus clientes têm interesses e profissões extremamente variados.

Mas o que sempre me deixa chocada é o acúmulo excessivo de objetos usuais. Algumas pessoas exageram feio, e novos recordes surgem o tempo todo. Certa vez encontrei uma enorme coleção de escovas de dente. O recorde até então tinha sido de 35 escovas, e isso já me parecia muito. Então conheci esse cliente, que tinha uma impressionante coleção de 60 escovas! Dispostas em caixas no armário sob a pia, pareciam uma pequena obra de arte. É interessante como a mente humana tenta extrair significado até mesmo daquilo que não faz nenhum sentido. Fiquei um tempo pensando qual seria o objetivo daquilo.

Outra surpresa foi encontrar um estoque de 30 caixas de filme plástico. Abri um armário sobre a pia da cozinha e estava lotado de caixas que pareciam grandes peças de brinquedos de montar. "Uso filme plástico para embalar coisas todos os dias, então acaba rápido", a cliente justificou. Bem, mesmo que ela usasse uma caixa por semana, aquele estoque duraria mais de meio ano. Um rolo de tamanho padrão costuma ter 20 metros, portanto, para gastar um rolo por semana, é preciso cobrir um prato de 20 centímetros de diâmetro 66 vezes, mesmo sendo generoso na quantidade usada. Fico com LER só de imaginar a repetição do gesto de puxar e cortar um filme plástico tantas vezes.

O recorde de papel higiênico até o momento é de 80 rolos. "Tenho o intestino solto, acaba bem rápido" foi a desculpa dada pela cliente. Ainda que usasse um rolo por dia, ela teria um estoque para quase três meses. Não sei se ela conseguiria gastar um rolo por dia, mas achei melhor nem pensar nas implicações disso.

O mais impressionante, contudo, foi o acúmulo de 20 mil cotonetes, distribuídos em 100 caixas de 200 unidades. Se a cliente usasse um cotonete por dia, levaria quase 55 anos para acabar com o estoque. Ao terminar, teria desenvolvido técnicas incríveis para limpar o ouvido.

Pode ser difícil acreditar nesse relato, mas não estou brincando. O estranho é que nenhuma dessas pessoas tinha noção da quantidade de coisas que guardava até começar a organizar a casa. E mesmo tendo estoques tão imensos, elas continuavam com a sensação de que não tinham o suficiente e ficavam ansiosas com a possibilidade da falta. Não existe quantidade suficiente para deixar um acumulador seguro, pois quanto mais esse tipo de pessoa tem, mais teme ficar sem aquilo e mais ansioso se sente. Ainda que tenham dois itens de um produto em casa, saem para comprar mais cinco.

Ao contrário do que acontece numa loja, não há problema se você ficar sem um determinado produto em casa. Pode causar um estresse temporário, mas não se trata de nenhum dano irreparável. E de que maneira podemos resolver a questão dos grandes estoques? Ainda que a melhor solução pareça ser usar tudo, em muitos casos os produtos já perderam a validade e devem ser jogados fora. Assim, recomendo que você simplesmente se livre do excesso. Dê para seus amigos, doe ou leve para a reciclagem. Talvez você ache que é um desperdício de dinheiro – de fato é, já que você comprou essas coisas –, contudo, o modo mais rápido de colocar as coisas em ordem é se livrar dos excessos.

Depois de experimentar viver sem fazer estoques, você naturalmente deixará de acumular coisas. É importante que você faça um levantamento do que possui no momento e elimine tudo o que for excessivo.

Reduza até dar um clique

Selecione por categoria, na ordem correta e mantenha apenas as coisas que inspiram alegria. Faça esse processo da maneira mais rápida possível, sem grandes intervalos entre uma categoria e outra. Se você seguir este conselho, vai reduzir consideravelmente a quantidade de objetos que possui e se sentir muito mais leve e confiante.

Qual é o volume ideal de pertences? Acho que poucas pessoas saberiam dizer, pois a maioria está acostumada a viver com mais coisas do que precisa. Porém, ao reduzir seus pertences por meio do processo de organização, chegará um momento em que você simplesmente saberá a resposta. A satisfação de bem-estar que o envolverá quando essa epifania acontecer será palpável. Eu a chamo de "o clique do suficiente". É interessante notar que, quando você chegar a esse estágio, a quantidade de coisas que tem em casa nunca mais aumentará. E é precisamente por isso que não sofrerá o efeito rebote.

O momento do clique varia de uma pessoa para outra. Para as que adoram sapatos, a quantidade pode ser 100 pares; já os amantes de livros talvez considerem este número pequeno demais. Alguns, como eu, têm mais roupas informais do que peças de sair; outros preferem ficar praticamente pelados em casa e investir em peças mais caras e chiques (você se surpreenderia se soubesse quantas pessoas se enquadram nesta categoria).

À medida que você organizar a casa e reduzir seus pertences, vai descobrir quais são seus valores mais profundos e o que realmente importa na vida. Contudo, a "redução" e o "método de armazenamento" não devem ser o seu foco. O objetivo aqui é escolher as coisas que lhe dão alegria e aproveitar a vida de acordo com os próprios padrões, eliminando tudo o que não se enquadrar nessa categoria. Este é o verdadeiro prazer da organização. Se ainda não teve o clique, não se preocupe. Continue o trabalho com persistência e confiança.

Siga sua intuição

"Escolha as coisas que lhe dão alegria quando você as toca."

"Coloque em cabides todas as roupas que você acha que parecem mais felizes penduradas."

"Não se preocupe se descartou coisas demais. Chegará o momento em que você saberá quanto é suficiente."

Se você chegou a este ponto do livro, provavelmente já notou que no meu método de organização os sentimentos são o parâmetro para a tomada de decisões. Muitas pessoas podem ficar confusas com critérios vagos como "coisas que lhe proporcionam uma sensação de prazer" ou "clique do suficiente". A maior parte dos métodos trabalha com metas numéricas e definidas, como "Jogue fora tudo o que não usou nos últimos dois anos", "Sete casacos e 10 blusas são a quantidade perfeita" ou ainda "Toda vez que comprar uma peça, jogue outra fora". Mas acredito que essa é uma das razões para o efeito rebote.

Ainda que esses métodos ajudem a manter um espaço arrumado temporariamente, seguir de forma automática critérios impostos por terceiros e baseados no conhecimento de outras pessoas não terá um efeito duradouro. Só você pode saber que tipo de ambiente lhe traz bem-estar; o ato de selecionar objetos é extremamente pessoal. A fim de evitar o retorno da bagunça, você precisa criar o próprio método de organização segundo os seus padrões. É justamente por isso que é tão importante identificar como você se sente em relação a cada objeto que tem.

O fato de possuir um excesso de coisas de que não consegue se desfazer não significa que você está cuidando bem delas. Na realidade, está fazendo exatamente o contrário. Quando reduz o volume de pertences a uma quantidade com a qual consiga lidar, você revitaliza sua relação com cada um deles. Jogar algo fora não é abrir mão das experiências vividas ou de sua identidade. Por meio do processo de escolher somente aquilo que lhe dá alegria você consegue definir com precisão seus gostos e suas necessidades.

Quando confrontamos com sinceridade as coisas que possuímos, percebemos as emoções que elas provocam. Esses sentimentos são reais, são o que nos dá energia para viver. Quando fizer a si mesmo a pergunta "Isto me traz alegria?", acredite no que o seu coração diz. Agindo de acordo com essa intuição, tudo em sua vida irá se conectar e mudanças significativas se seguirão. Será como se sua vida fosse tocada pela magia.

Colocar a casa em ordem é a magia que cria uma vida vibrante e feliz.

CAPÍTULO 4

ARRUMANDO SUAS COISAS PARA TER UMA VIDA SENSACIONAL

Escolha um lugar para cada coisa

Eis a rotina que sigo diariamente ao voltar do trabalho: primeiro, abro a porta e anuncio para minha casa: "Cheguei!" Pego o par de sapatos que usei no dia anterior e deixei no hall, e digo: "Muito obrigada pelo trabalho árduo", guardando-o no armário. Em seguida, descalço os sapatos que usei naquele dia e os coloco cuidadosamente no lugar onde estavam os de ontem. Sigo para a cozinha, ponho a chaleira no fogo e vou para o meu quarto. Deixo minha bolsa no tapete de pelo de carneiro e tiro as roupas que usei na rua. Coloco o blazer e o vestido num cabide, digo "Bom trabalho!" e os penduro provisoriamente na maçaneta do armário. Coloco a meia-calça no cesto de roupa suja, escolho uma roupa confortável e me visto. Cumprimento a planta que está num vaso na janela e acaricio suas folhas.

Minha tarefa seguinte é esvaziar o conteúdo da minha bolsa e guardar cada objeto em seu devido lugar. Primeiro, retiro todos os comprovantes de pagamento da carteira, depois guardo-a numa caixa perto da minha cama. O relógio de pulso fica numa caixinha antiga, e o colar e os brincos vão para a bandeja de acessórios ao lado dela. No final, digo para os meus acessórios: "Obrigada por tudo o que fizeram por mim hoje."

A seguir, volto ao hall e tiro da bolsa os livros e cadernos que carreguei durante o dia. Coloco a câmera digital que uso para trabalhar na prateleira, no local designado para os aparelhos eletrônicos. Na cozinha, preparo chá enquanto verifico os e-mails e jogo fora as correspondências inúteis.

Volto para o meu quarto, ponho minha bolsa numa sacola protetora e a coloco na prateleira de cima do guarda-roupa, dizendo: "Você trabalhou bem, agora descanse." Não se passam nem cinco minutos desde o momento em que entro em casa, mas tudo já está guardado. Então vou para a cozinha servir o chá e relaxar um pouco.

Não fiz esta descrição para me gabar do meu belo estilo de vida, mas sim para demonstrar como é ter um local apropriado para tudo. Depois que você termina o processo de organização, manter a casa arrumada passa a ser algo natural, que não demanda esforço, mesmo quando você chega cansado do trabalho. E isso lhe dá mais tempo para aproveitar a vida.

A importância de designar lugares específicos para guardar os objetos é que haverá locais determinados para acomodar *todas* as suas coisas. Embora essa fase pareça complicada, garanto que é bem mais simples do que decidir o que fica e o que vai embora. Como você já escolheu os itens que vai manter dentro de uma mesma categoria, agora é só guardá-los próximos uns dos outros.

O motivo pelo qual cada item deve ter seu local específico é que a existência de um objeto sem lugar definido multiplica as chances do retorno à bagunça. Digamos, por exemplo, que você tenha uma prateleira vazia. O que acontece se alguém deixar um objeto qualquer largado ali? Em pouco tempo, esse espaço estará coberto de objetos aleatórios. Tudo o que você não souber onde colocar acabará indo para lá.

O princípio básico da organização é exatamente este: defina um lugar específico para cada coisa uma única vez e coloque-a em seu devido lugar assim que terminar de usá-la. Experimente. Você vai parar de comprar coisas desnecessárias, não irá acumular objetos inúteis, manterá a casa em ordem e só terá à sua volta aquilo que lhe dá prazer.

Primeiro descarte, depois guarde

Quem participa das minhas palestras sempre fica espantado quando mostro fotos do antes e depois das casas de meus clientes. A reação mais comum é: "Esse ambiente parece tão vazio!" É verdade. Em muitos casos, meus clientes optam por não deixar nada no chão nem coisa alguma que obstrua a visão. Às vezes até as estantes são removidas e os livros passam a ser guardados dentro do armário. Essa, inclusive, é uma das minhas estratégias de organização. Você pode achar que não cabe mais nada no seu guarda-roupas. Na verdade, 99% das pessoas pensam assim. Mas depois elas se surpreendem.

O seu espaço é do tamanho ideal para você, pode acreditar. Perdi a conta das vezes em que ouvi reclamações sobre falta de espaço. Contudo, até hoje ainda não estive numa casa que não tivesse espaço suficiente para guardar os pertences dos moradores. O problema é que temos muito mais coisas do que precisamos ou queremos. Se você aprender a escolher seus pertences adequadamente, ficará apenas com o volume que cabe perfeitamente na sua casa, não importa o tamanho que ela tenha. Esta é a verdadeira mágica da organização. Pode parecer inacreditável, porém o método de só manter o que traz alegria tem esse nível de precisão. É por isso que você precisa começar desfazendo-se de coisas. Feito isso, torna-se fácil decidir onde cada objeto deve ficar, pois seus pertences terão sido reduzidos a um terço ou até mesmo a um quarto. Por outro lado, se você começar a organizar sem ter feito o descarte do excesso previamente, sofrerá o efeito rebote. Falo por experiência própria.

Como eu já disse antes, sou obcecada por organização desde criança. Mas só descobri a importância do descarte na adolescência. Antes disso, eu passava os dias analisando o conteúdo de gavetas e armários, e deslocando as coisas alguns centímetros, tentando encontrar a disposição ideal. "O que aconteceria se eu deslocasse esta caixa para cá?" "E se eu retirasse esta divisória?" Onde quer que eu estivesse, fechava os olhos e imaginava uma nova disposição para um ambiente, como se tudo fosse um quebra-cabeça. Eu tinha a impressão de que a organização era uma espécie de gincana intelectual com o objetivo de ver quanto eu conseguia fazer caber num espaço por meio de uma arrumação racional. Se houvesse um vão entre dois móveis, eu encaixava ali um monte de objetos e ficava exultante quando o espaço era preenchido. Em algum momento dessa trajetória passei a ver meus pertences, e até minha casa, como adversários que precisavam ser derrotados, e eu vivia em permanente estado de competição.

Arrumação: busque o máximo de simplicidade

Quando comecei a trabalhar nesta área, acreditava que deveria apresentar soluções de organização miraculosas para demonstrar minha habilidade – soluções inteligentes, daquelas que vemos em revistas, como um conjunto de prateleiras que se encaixam perfeitamente num espaço minúsculo que ninguém mais pensaria em aproveitar. Eu achava que essa era a única forma de satisfazer meus clientes, mas, no fim das contas, descobri que essas ideias inteligentes quase nunca são viáveis.

A título de exemplo, certa vez, quando ajudava uma cliente a organizar a casa, encontrei um suporte giratório que não estava sendo utilizado. Assim que o vi, tive a brilhante ideia de transformá-lo num organizador. Tive dificuldade para decidir como aproveitá-lo, pois era grande e volumoso, e foi então que a cliente mencionou que possuía muitos potes de molhos de salada e não conseguia mantê-los em ordem.

Ela me mostrou um armário repleto deles. Peguei todos e posicionei-os no suporte giratório – e *voilà*! Couberam perfeitamente, e eu tinha uma unidade de organização com um visual bonito e sofisticado como o das lojas. Para alcançar um dos frascos de molho da parte de trás era só girar o suporte. Muito prático! Minha cliente adorou e tudo parecia perfeito.

Mas não demorou muito para que eu percebesse meu equívoco. Na aula seguinte, fui verificar a cozinha. De modo geral, estava arrumada, mas, quando abri o armário onde ficavam os molhos de salada, ele estava uma bagunça. Quando indaguei o motivo, ela explicou que toda vez que girava o suporte os frascos tombavam. Além disso, como eram muitos, ela apoiava alguns na beirada, impedindo que o suporte girasse.

A conclusão é que eu fiquei tão preocupada em aproveitar o suporte giratório na organização que não parei para pensar no tipo de coisa que estava guardando – frascos que escorregam e tombam com facilidade. Quando refleti melhor, me dei conta de que ninguém precisa acessar com frequência o que está guardado na parte de trás do armário, portanto não havia necessidade de usar um suporte giratório. Além disso, formas circulares ocupam muito espaço e geram desperdício da área de arrumação, portanto não são bons acessórios para a organização. Depois de ter chegado a essa conclusão, retirei o suporte e posicionei os frascos numa caixa quadrada que, embora simples e convencional, era bem mais prática. Após esta experiência percebi que quanto mais simples o método de organização, melhor. É inútil bolar estratégias complicadas.

A maioria das pessoas tem consciência de que a origem da bagunça é o excesso. Mas por que temos mais do que precisamos? Em geral é porque não sabemos exatamente quantas coisas possuímos, e isso acontece porque nossos métodos de organização são complexos demais – ou inexistentes. A habilidade de evitar o excesso depende da habilidade de simplificar a organização. O segredo de um ambiente organizado é buscar a simplicidade máxima na organização, de tal modo que baste uma olhadela para que a pessoa consiga ver o que tem. Há uma razão para que eu diga "simplicidade máxima". É impossível se lembrar da existência de todos os objetos que possuímos, por mais que simplifiquemos os métodos de organização. Em minha casa, onde trabalhei arduamente para otimizar a organização, às vezes encontro um objeto dentro de um armário ou de uma gaveta do qual havia me esquecido completamente. Se minha organização fosse mais complexa e setorizada, tenho certeza de que muitos outros itens estariam relegados ao esquecimento e mofando na escuridão.

Não espalhe suas coisas pela casa

Como minha ideia de organização gira em torno da simplicidade, sugiro que você guarde todos os objetos do mesmo tipo no mesmo lugar e não espalhe suas coisas pela casa.

Você pode classificar os seus pertences por tipo de objeto ou por pessoa. É fácil de entender esse critério se compararmos uma pessoa que mora sozinha com alguém que vive com a família. Quando se mora sozinho ou não se tem que dividir o quarto com ninguém, é bem mais simples organizar – basta designar um local para guardar cada tipo de objeto. Você pode estabelecer um número determinado de categorias seguindo as que usamos para a seleção e o descarte: comece com as roupas, depois passe para os livros, papéis, *komono* e, por fim, recordações e itens de valor sentimental. Depois disso, decida o que irá manter e guarde os itens de cada categoria em seu lugar próprio.

Você pode até ampliar o número de categorias. Em vez de classificar os itens em tipos detalhados, use semelhanças genéricas, como "coisas que são movidas a eletricidade", "cama, mesa e banho", segundo o seu próprio critério, e escolha um lugar para cada categoria. É muito mais fácil achar as coisas dessa forma do que se você separar os objetos por frequência de uso, por exemplo.

Neste momento, você já deve ter feito a seleção do que guardar. Como esse processo inclui analisar os seus pertences um a um, não será complicado avaliar quais objetos devem ficar juntos e qual o local apropriado para guardá-los.

Se você mora com outras pessoas, defina previamente o espaço de cada integrante. Você pode, por exemplo, designar um canto separado para você, um para seu cônjuge e um para seu filho, e guardar as coisas de cada um em seu local específico. É isso é tudo. O importante é designar somente um lugar por pessoa, se possível. Em outras palavras, a organização deve estar concentrada em um único local. Se você espalhar as coisas pela casa, em pouco tempo ela ficará bagunçada. Concentrar os pertences de cada pessoa em um só lugar é o modo mais eficaz de manter tudo arrumado.

Uma cliente certa vez me pediu que a ajudasse a organizar as coisas de sua filha de 3 anos. Quando visitei a casa, vi que as coisas da menina ficavam distribuídas pela casa toda: roupas no quarto, brinquedos na sala, livros em outro cômodo. Seguindo os princípios básicos de seleção e arrumação, juntamos tudo na sala e a instruí a selecionar os itens de que mais gostava. Para minha surpresa, ela cumpriu a missão direitinho. E depois arrumamos espaço em seu quarto para guardar todos os seus pertences. Ela ficou muito feliz, e a casa ganhou outra cara. E a menina me mostrou que até uma criança de 3 anos é capaz de organizar!

Ter seu próprio espaço vai deixá-lo mais feliz. Assim que você toma consciência de que é seu, quer mantê-lo arrumado. Se não for viável cada um ter um cômodo para si, sei que é sempre possível ter, ao menos, um *espaço*. Em geral, os clientes que não eram muito hábeis para organizar tiveram mães que arrumavam seus quartos ou nunca possuíram um espaço só deles. É comum que essas pessoas, depois de adultas, tenham o hábito de guardar suas roupas no armário dos filhos, seus livros na estante do companheiro, e assim por diante. Todo mundo precisa de um santuário particular.

Sei que é tentador começar a organizar a casa pelos ambientes comuns a todos – a despensa, o banheiro, a sala de estar. Mas, por favor, deixe-os para depois. Primeiro selecione apenas as suas coisas. Escolha o que deseja manter e guarde no seu espaço. Ao fazê-lo, você aprenderá o básico sobre colocar a casa inteira em ordem.

Esqueça a ideia de ter o que mais usa sempre à mão

Quando uma cliente de 50 anos terminou de selecionar e guardar as próprias coisas, partimos para os pertences de seu marido. Ela explicou que ele gostava de ter tudo à mão, fosse o controle remoto ou um livro. Ao examinar o ambiente em que viviam, percebi que as coisas do marido estavam distribuídas por todos os cômodos da casa. Havia uma pequena estante para seus livros ao lado do banheiro, um lugar para suas pastas no hall de entrada e um gaveteiro para meias e cuecas perto da banheira. Sempre insisto que as coisas fiquem concentradas num único lugar, portanto disse à cliente que, a partir daquele momento, as meias, cuecas e pastas dele deveriam ser guardadas no armário. Ela ficou um tanto ansiosa e comentou: "Mas ele gosta de ter as coisas onde as usa. E se ficar chateado?"

É bastante comum definir o local onde as coisas ficam guardadas tomando por base a facilidade para acessá-las, porém essa estratégia é uma armadilha fatal. A origem da bagunça é a incapacidade de recolocar as coisas em seus devidos lugares, portanto a organização deve simplificar o ato de *guardá-las* e não de *pegá-las*. Quando queremos pegar um objeto, temos um objetivo em mente e em geral não nos incomodamos com o esforço necessário para apanhá-lo, a não ser que isso requeira um trabalho enorme.

Bagunçamos a casa porque não conseguimos guardar as coisas ou porque não definimos um lugar para elas. Se não damos atenção a esse ponto fundamental, tendemos a estabelecer um sistema que resultará em desordem. Pode não parecer, mas a ideia de que é mais conveniente manter tudo ao alcance das mãos é totalmente equivocada.

Muitas pessoas planejam a organização priorizando os ambientes onde há maior movimentação, mas por que você acha que há mais circulação de gente em alguns cômodos do que em outros? Em quase todos os casos isso não é determinado pelo que a pessoa faz ao longo do dia, e sim pelo lugar onde guarda as coisas. Quando adotamos esse método, acreditamos que acondicionamos os objetos de maneira que acompanhe nosso comportamento, mas, inconscientemente, ajustamos nosso comportamento com base no local onde as coisas estão guardadas. Seguir esse esquema de circulação nos leva a distribuir os pontos de armazenamento pela casa toda, e isso aumenta as chances de acumularmos mais coisas e nos esquecermos do que já temos.

A não ser que você more numa mansão, não deve levar mais do que 20 segundos para andar de uma extremidade à outra de sua casa. Então será realmente necessário se preocupar em ter todas as coisas à mão? Não há motivo para complicar. Defina onde guardar cada coisa e seus problemas de arrumação estarão solucionados.

Guarde todas as coisas semelhantes no mesmo lugar ou em locais próximos. Não há motivo para considerar a frequência do uso para definir os espaços. Alguns livros sobre organização apresentam métodos complexos que classificam os objetos em seis categorias: os que são usados diariamente, a cada três dias, uma vez por semana, uma vez por mês, uma vez por ano e menos de uma vez por ano. Sou a única a achar absurdo dividir minhas gavetas em seis compartimentos? Uso no máximo duas categorias para isso: coisas que uso frequentemente e coisas que uso pouco. E só.

Nunca empilhe as coisas: a chave é a arrumação vertical

Algumas pessoas têm o hábito de empilhar as coisas, quer se trate de livros, papéis ou roupas. Mas isso é um grande desperdício. No que diz respeito à arrumação, o ideal é guardar na vertical, mantendo as coisas em pé. Sou especialmente obcecada com isso. Sempre que possível, armazeno tudo na vertical, incluindo roupas, que dobro e disponho em gavetas (uma *ao lado* da outra, e não *em cima* da outra), e meias-calças, que enrolo e coloco em caixas. O mesmo vale para o material de escritório: caixas de grampos, borrachas, canetas.

Arrumo as coisas na vertical e evito empilhá-las por dois motivos. Primeiro porque, quando fazemos pilhas, aumentamos as chances de acumular coisas, mesmo sem perceber. Mas, quando os objetos são postos na vertical, qualquer acréscimo ocupa espaço, e percebemos claramente quando estamos começando a ter coisas em excesso.

O outro motivo é o seguinte: é difícil ter acesso aos itens que ficam na parte de baixo da pilha. Se suas roupas estiverem colocadas umas sobre as outras, as que ficarem lá embaixo serão espremidas. Sem falar que elas acabam caindo no esquecimento e vão sendo cada vez menos usadas. Por conta disso, vamos perdendo o interesse nelas, ainda que estejam em boas condições e sejam do nosso agrado.

Isso se aplica também aos papéis e documentos. Assim que um é colocado no topo da pilha, o anterior se afasta de nossa lembrança um pouco mais, até que seja esquecido por completo. Por todas essas razões é que indico que se arrume tudo na vertical, sempre que possível. Faça o teste. Só de fazer isso você já terá mais consciência do volume de itens que juntava naquele monte. A arrumação na vertical pode ser aplicada a qualquer tipo de objeto. É comum a geladeira ficar bagunçada, mas as coisas no seu interior podem ser organizadas rapidamente se forem colocadas em pé. (Para ajudá-lo a visualizar o que estou dizendo: eu adoro cenouras. Guardo as minhas em pé, nos suportes para lata na porta da geladeira.)

Não há necessidade de ter artigos especiais para organização

O mundo está repleto de produtos que auxiliam na organização. Divisórias ajustáveis, aramados que podem ser pendurados no varão do armário, prateleiras estreitas que cabem em espaços reduzidos. Você encontra itens assim em diversas lojas, a preços bastante variados. É claro que eu já experimentei praticamente todos os modelos existentes, dos mais simples aos mais exóticos. Mas hoje não utilizo nenhum.

Os artigos que tenho em casa são gaveteiros para roupas e acessórios, um gaveteiro de papelão que uso desde o ensino fundamental e uma cesta de vime para toalhas, e só. E todos ficam dentro do armário embutido. Além disso, há prateleiras na cozinha e no banheiro e uma sapateira no hall de entrada. Não preciso de estante porque guardo meus livros e papéis em uma das prateleiras da sapateira. Os únicos itens de organização de que você realmente precisa são gavetas e caixas – não é preciso ter nada de especial ou sofisticado.

Muitos clientes ficam esperando ansiosos que eu revele alguma dica secreta. Mas adianto logo: não há necessidade de comprar separadores nem qualquer outro acessório. Você pode usar o que já tem em casa para fazer a arrumação. Meu recurso preferido é a caixa de sapatos, que é prática, versátil e gratuita. Ela se destaca em todos os meus cinco critérios: tamanho, material, durabilidade, facilidade de uso e beleza – sim, algumas caixas são incrivelmente bonitas.

A caixa de sapato tem infinitas utilidades. Costumo usá-las para guardar meias e meias-calças dentro das gavetas, a altura é perfeita para colocá-las em pé e enroladas. Também servem para armazenar frascos de xampu, condicionador, sabonetes, detergente e outros produtos de limpeza. Na cozinha, podemos usá-las para reunir gêneros alimentícios, além de sacos de lixo, panos de prato etc. Também as aproveito para guardar outros itens que não uso com tanta frequência, colocando-as numa prateleira alta. Esta solução extremamente simples faz muito sucesso com meus clientes.

A tampa da caixa é rasa e serve como bandeja, podendo ser colocada no armário como suporte para óleos, azeite e condimentos, e para manter o piso do armário limpo e livre de gordura. Ao contrário do que acontece quando se usam certos forros para prateleiras, as tampas não deslizam e podem ser facilmente substituídas quando ficam sujas. As tampas também são ótimas para serem colocadas no fundo da gaveta de talheres da cozinha, pois evita que eles deslizem de maneira barulhenta sempre que se abrir e fechar a gaveta.

É claro que existem vários outros tipos de caixa que podem ser úteis na organização. As mais firmes dão ótimas divisórias de gavetas e são perfeitas para guardar canetas, lápis e acessórios de escritório. Além disso, potes de plástico para alimentos podem acondicionar pequenos itens de cozinha.

A verdade é que qualquer caixa reta ou outro recipiente irá servir, desde que seja do tamanho adequado. Caixas de eletrodomésticos, em geral, são grandes demais para funcionar como separadores, além de serem muito feias. Por favor, livre-se delas. Sempre que encontrar caixas bonitas quando estiver limpando e selecionando seus pertences, coloque-as num único lugar até que esteja pronto para começar a guardar as coisas. Depois que tiver organizado toda a casa, jogue fora as que sobrarem. Nunca as guarde por achar que um dia poderá vir a usá-las.

Não recomendo o uso de recipientes circulares, em forma de coração ou em formato irregular, pois geralmente desperdiçam espaço. Contudo, se uma caixa em particular comover você, aí é diferente. Desfazer-se dela ou guardá-la sem uso seria uma pena, portanto siga sua intuição e aproveite-a na organização. Você pode, por exemplo, colocar a caixa numa gaveta para guardar acessórios de cabelo, kit de costura ou algodão para remover maquiagem. Crie suas próprias combinações entre caixas e itens quando estiver arrumando a casa. O melhor método é experimentar e se divertir no processo.

Quando os clientes usam o que já têm em casa, sempre acham que têm exatamente o que precisam para arrumar suas coisas, sem necessidade de sair para adquirir produtos específicos para a organização. Não que não haja inúmeros artigos interessantes à venda, mas o que importa neste momento é colocar sua casa em ordem o mais rápido possível – e de preferência não enchê-la de ainda mais coisas. Se realmente fizer questão, espere até ter completado todo o processo e então procure as peças que realmente lhe agradem.

O melhor lugar para guardar uma bolsa é dentro de outra

Guardar bolsas é um desafio para muita gente. Afinal, as que não estão em uso costumam ficar vazias e não podem ser dobradas, o que é um enorme desperdício de espaço. Durante anos busquei um método que fosse prático e eficiente. Decidida a encontrar uma solução, comecei a experimentar. Primeiro, resolvi preencher as bolsas com pequenas peças de roupa fora de estação. No verão, coloquei cachecóis e luvas dentro delas; e no inverno, roupas de banho. Não só as bolsas mantinham a forma, como me proporcionavam o dobro de espaço de arrumação. Fiquei satisfeita por ter encontrado uma solução que parecia matar dois coelhos com uma cajadada só. Mas um ano depois já tinha abandonado essa ideia. Embora ela parecesse boa na teoria, na prática, ter de retirar as peças de roupa lá de dentro toda vez que queria usar uma bolsa era um problema, e, depois de retiradas, as peças ficavam bagunçadas no armário.

Obviamente, não desisti. Continuei buscando o recheio perfeito. A ideia seguinte foi colocar as peças de roupa numa sacolinha de pano e depois colocá-la dentro da bolsa. A bolsa manteria a forma e seria fácil remover a sacolinha quando eu precisasse usar a bolsa. Fiquei feliz por encontrar outra solução inovadora. Mas este método, como o anterior, tinha uma desvantagem. Como não dava para ver as peças dentro da sacolinha, eu sempre esquecia de tirá-las de dentro das bolsas quando a estação correspondente chegava. As peças ficavam num estado lamentável. Apesar de já estar adotando a estratégia de manter roupas fora de estação à vista, acabei acreditando que me lembraria daquilo que não podia ver. Ledo engano.

Esvaziei as bolsinhas de pano e libertei os objetos que estavam guardados nelas, mas as bolsas que elas tinham ajudado a ficar firmes agora estavam murchas e precisavam de um novo recheio para manter a forma. Mas eu não queria preenchê-las com outras coisas das quais me esqueceria. Sem saber o que fazer, resolvi colocar uma bolsa dentro da outra até encontrar a solução. Surpreendentemente, isso se revelou a solução ideal. Desta forma, reduzi à metade o espaço necessário para arrumação e conseguia saber qual era o conteúdo de cada uma, pois era só deixar as alças para fora.

O segredo é juntar bolsas do mesmo tipo num mesmo conjunto – por exemplo, bolsas do mesmo material (como couro ou lona) ou então que servem para as mesmas ocasiões (como festas e casamentos). Separá-las dessa maneira significa que você só precisa pegar um dos conjuntos quando precisar de determinada bolsa. Tenha em mente, porém, que não se deve agrupar bolsas demais. A regra que adoto é guardar no máximo duas bolsas dentro de uma outra e certificar-me de que é possível ver as que estão lá dentro. No caso das bolsas totem e ecobags, que ficam bem reduzidas no tamanho, recomendo guardar todas dentro de uma delas.

Forme conjuntos de acordo com material, tamanho e frequência de uso, sempre lembrando-se de deixar as alças à vista. Se a bolsa de fora tiver vindo em um saco protetor, guarde todo o conjunto dentro dele. Disponha esses conjuntos no armário de modo que fiquem à vista. Encontrar as combinações certas, quando uma bolsa cabe perfeitamente dentro da outra, é um processo divertido: parece que estamos brincando de montar um quebra-cabeça.

Esvazie sua bolsa todos os dias

Há objetos dos quais você precisa diariamente, como a carteira, o documento do carro, o celular etc. Por isso, algumas pessoas não veem sentido em retirar tais objetos da bolsa ao chegar em casa, pois irão usá-los novamente no dia seguinte. Mas pensar assim é um erro. A finalidade de uma bolsa é transportar suas coisas quando você está fora de casa. Elas carregam um peso danado no dia a dia e merecem algum descanso. E isso vai fazer com que elas permaneçam em bom estado por mais tempo.

Caso não desenvolva o hábito de esvaziar sua bolsa diariamente, é provável que acabe deixando algo dentro dela quando for usar outra e, sem perceber, acabará esquecendo o que ficou em cada uma. Se você procurar o protetor labial, a caneta ou o prendedor de cabelo na bolsa que está usando e não achar, acabará comprando outro. Os itens que mais encontro nas bolsas de minhas clientes são lenços de papel, moedas, recibos amassados e chicletes. Existe um perigo real de que itens realmente importantes, como blocos com anotações e documentos, também sejam esquecidos.

Ou seja, é muito importante esvaziar a bolsa todos os dias. Não é trabalhoso como parece, você só precisa ter um lugar para guardar o conteúdo. Em uma caixa, coloque o crachá da empresa, o vale-transporte e outros itens importantes na vertical. Qualquer caixa serve, mas se não conseguir encontrar uma do tamanho certo, use uma caixa de sapatos. Mas escolha uma de que você realmente goste. Os melhores lugares para guardá-la são em cima de um gaveteiro, numa gaveta ou no armário. Se conseguir colocá-la próxima ao local onde você guarda suas bolsas, será perfeito.

Se vez ou outra você não puder esvaziar a bolsa, tudo bem. Às vezes, chego em casa tarde da noite e não me dou o trabalho de fazer isso porque sei que vou usar a bolsa de novo bem cedo na manhã seguinte. O que importa é criar um ambiente em que sua bolsa possa descansar, pois você designou um local específico para guardar tudo o que costuma carregar dentro dela.

Tudo para dentro do armário

Se você tem armários embutidos em casa, deve guardar a maioria de seus pertences dentro deles. Em geral, eles são largos e profundos, podendo armazenar vários tipos de coisas. O método básico de arrumação é o seguinte: primeiro, como regra geral, itens pouco usados devem ser guardados no local de mais difícil acesso. Isso inclui enfeites de Natal, equipamentos para fazer trilhas ou qualquer outro item que seja usado apenas em algumas épocas do ano. Objetos grandes que não caibam numa estante, como álbuns de casamento, podem ficar no mesmo lugar. Mas não os acondicione em caixas de papelão, coloque-os em pé, como se fosse um livro. Se não fizer assim, é provável que não o veja novamente.

Roupas para o dia a dia devem ser guardadas no armário, bem dobradas, dentro das gavetas. Há pessoas que guardam as roupas em caixas de plástico transparentes. Não recomendo isso, pois retirá-las da caixa é trabalhoso e pode resultar em bagunça.

O melhor lugar para as roupas de cama é a prateleira de cima do armário, onde ficam menos expostas a umidade e poeira. A parte de baixo pode ser usada para guardar aparelhos elétricos que não estejam em uso, como ventiladores e umidificadores de ar. O ideal é usar o armário para armazenar todos os organizadores. Você pode achar impossível fazer tudo caber ali dentro, mas, se seguir o Método KonMari – separando todos os seus pertences minuciosamente e descartando parte deles –, conseguirá com facilidade.

Mantenha o banheiro e a cozinha livres

Quantos frascos de xampu e condicionador há no seu box? Às vezes as mulheres mantêm produtos de várias marcas diferentes, para usar em dias alternados; há também aquelas máscaras para tratamento semanal; isso sem contar que, muitas vezes, outros membros da família têm os próprios produtos. O resultado é um banheiro repleto de frascos nojentos. Se você os deixa espalhados no chão do box ou na borda da banheira, eles acabam ficando viscosos. Para evitar que isso aconteça, algumas pessoas usam cestinhos de metal ou de plástico para acondicionar os produtos, mas essa também não é a melhor solução. Esses cestinhos também precisam ser limpos, especialmente se você os deixa no chão.

Certa vez comprei um cesto de arame grande o suficiente para acomodar tudo o que minha família usava durante o banho. No início, eu o secava todos os dias, depois a cada três dias, uma vez por semana... até que simplesmente parei de secá-lo. Um dia notei que o frasco de xampu estava avermelhado e pegajoso na base e vi que o cesto estava cheio de limo. Limpei da melhor maneira que pude, mas logo joguei-o no lixo. O banheiro é o lugar mais úmido da casa, o que faz dele o menos adequado para guardar seja o que for.

Não há necessidade de deixar expostos sabonetes e xampus que não estão em uso, principalmente porque o calor e a umidade afetam sua qualidade. Assim, minha proposta é deixar o estoque (ou os produtos que não usa diariamente) longe do banheiro ou do chuveiro. É mais rápido e mais fácil limpar o box sem esse monte de coisas juntando limo.

O mesmo vale para a área da pia da cozinha. Você deixa as esponjas e os detergentes em cima dela? Guardo os meus embaixo da pia. O segredo é se assegurar de que a esponja esteja inteiramente seca. Muitas pessoas têm um porta-esponja preso por ventosas na pia ou na parede acima dela. Se é o seu caso, sugiro que o remova imediatamente. A esponja jamais ficará seca se toda vez que você abrir a torneira espirrar água nela, e logo estará cheirando mal. Para evitar que isso aconteça, esprema a esponja com força após cada uso e pendure-a para secar. Você pode prendê-la com um pregador no local onde pendura o pano de prato ou no puxador do armário da cozinha. Eu prefiro colocá-las do lado fora, no varal. Aliás, deixo não apenas as esponjas, como também tábuas de carne, pratos e vasilhas na varanda para secar. A luz do sol é um excelente desinfetante, e minha cozinha sempre aparenta limpeza porque não tenho escorredor de louça. Coloco toda a louça lavada numa grande bacia e deixo na varanda para secar. Dependendo do clima e do lugar onde você mora, esta pode ser uma boa opção para você também.

Onde você guarda óleo, sal, pimenta, molhos e outros condimentos? Há quem os guarde ao lado do fogão para tê-los à mão. Se você faz isso, resgate-os agora mesmo. A bancada é feita para preparar alimentos, não para armazenar produtos. Os espaços que ficam perto do fogão estão sujeitos a espirros de comida e óleo, e os frascos de condimentos guardados ali ficam pegajosos de gordura. Além disso, eles dificultam a limpeza, resultando numa cozinha sempre coberta por uma camada de gordura. Guarde esses produtos dentro de uma gaveta ou de um armário próximo, mas não expostos.

Enfeite seu armário com seus objetos favoritos

"Por favor, não abra isso!" é uma frase que ouço com frequência. Normalmente, meus clientes têm uma gaveta, uma caixa ou um armário que não querem que eu veja. Todos temos coisas que consideramos importantes e que queremos esconder dos outros. Os itens mais comuns são pôsteres de ídolos pop e outras recordações de artistas, além de livros e recortes relacionados a gostos pessoais. Tudo isso costuma estar no fundo do armário ou dentro de alguma caixa. É uma pena, pois seu quarto deveria ser o local onde você pode apreciar as coisas que lhe falam ao coração. Então, se gosta de algo, não o esconda. Transforme seu espaço de arrumação num local onde pode ter privacidade e viver momentos prazerosos. Use seus tesouros para decorar o fundo do armário ou a parte de dentro da porta.

Você pode decorar o guarda-roupa com o que desejar, seja secreto ou não. Pôsteres, fotografias, enfeites, o que quiser, não há limites para isso. Ninguém vai criticá-lo, pois o espaço é seu e você tem o direito de fazer dele o que quiser. Ele é seu paraíso particular; logo, personalize-o ao máximo.

Desembrulhe e tire a etiqueta de roupas novas na hora

Uma das coisas que me impressionam quando ajudo clientes na organização é a quantidade de objetos que eles mantêm na embalagem. No caso de comida e de artigos de higiene é compreensível, mas o que dizer de roupas guardadas na gaveta ainda na embalagem? Dessa forma elas ocupam mais espaço e têm mais chances de serem esquecidas.

Meu pai gostava de acumular meias. Toda vez que ia ao supermercado, comprava meias de cor cinza ou preta para combinar com os ternos e as guardava na gaveta sem retirá-las da embalagem. Sempre achei que esse hábito fosse exclusividade do meu pai, porém descobri que muita gente faz o mesmo. O estoque costuma ser de artigos que as pessoas usam com frequência, em geral meias, meias-calças e roupas íntimas. A quantidade tende a ser bem superior à real necessidade. Fiquei espantada ao constatar que essas pessoas compram novas peças sem sequer terem desembrulhado as que compraram anteriormente. Uma vez, encontrei 82 pares de meias na casa de um cliente. Ainda na embalagem, enchiam uma caixa plástica grande.

Quando adquirimos algo novo, é mais fácil jogar na gaveta sem desembrulhar, e talvez haja um prazer especial em abri-lo na primeira vez que vamos usá-lo. Mas a única diferença entre os objetos embrulhados na sua gaveta e os que estão na loja é o lugar onde estão guardados. As pessoas acreditam que economizam dinheiro quando compram em liquidações, mas acho que acontece exatamente o contrário. Se você compra porque está barato, acaba levando coisas de que não precisa e que muitas vezes nem chega a usar. Por outro lado, se só adquirir os produtos na hora que precisar, comprará menos e os manterá mais novos e em melhores condições. Por isso, controle o impulso de fazer estoques. Compre apenas aquilo de que de fato necessita, tire-o da embalagem imediatamente e guarde-o.

O item que as pessoas mais costumam deixar na embalagem é a meia-calça. Elas ocupam 25% menos espaço quando são retiradas da embalagem e enroladas da maneira que ensinei. A probabilidade de virem a ser usadas também aumenta, porque o acesso a elas fica facilitado.

Também não entendo por que as pessoas guardam roupas com a etiqueta. Costumo encontrar muitas peças ainda com o preço pendurado nas casas dos meus clientes. As chances de essas peças serem esquecidas no armário são enormes. Durante muito tempo tentei entender o que as tornava invisíveis. Acabei percebendo que, quando estão na loja, as roupas têm certa formalidade e frieza. Quando vão para o nosso guarda-roupa com a etiqueta, elas mantêm essa característica impessoal. Acredito que as roupas das lojas são produtos, enquanto as de casa são pertences pessoais. Peças que conservam a etiqueta ainda não se tornaram suas, portanto não lhe "pertencem" e são menos notadas.

Há quem resista a retirar o preço porque poderão vendê-las se não as usarem. Ora, isso é uma contradição. Se você vai comprar roupas, escolha-as com a intenção de acolhê-las em casa e usá-las. Muita gente também mantém a etiqueta para poder trocar na loja caso a peça não vista bem – mas essas pessoas se esquecem de que o prazo de troca não dura para sempre. Então meu conselho é: chegue em casa e prove a roupa. Se lhe caiu bem e não tem nenhum defeito, retire a etiqueta imediatamente e guarde-a no armário. Para que suas roupas façam a transição de "produtos" para "bens pessoais" você precisa cortar o "cordão umbilical" que as liga à loja.

Atenção ao excesso de informação visual

Depois que terminam meu curso, alguns clientes entram no que chamo de "nível avançado" de organização. Eles necessitam de ainda mais conforto do que conseguiram depois de eliminar o excesso de coisas. À primeira vista, a casa é tão arrumada que não aparenta precisar da minha ajuda. Porém, uma inspeção mais minuciosa revela o grande problema.

Uma cliente de 30 e poucos anos morava com o marido e a filha de 6 anos. Não tinha dificuldade de se desfazer das coisas e gabava-se de ter se livrado de 200 livros e 32 sacos de objetos logo depois da primeira aula. Ela dava cursos de montagem de arranjos florais em casa e recebia visitas com frequência, por isso procurava manter tudo em ordem para não se envergonhar ao receber convidados inesperados. Os pertences da família estavam sempre perfeitamente guardados e o piso brilhava. As amigas se perguntavam como conseguia ser tão organizada, mas ela ainda estava insatisfeita. Sentia que precisava dar um passo além.

Quando visitei a casa, abri os armários e entendi tudo. Apesar de arrumado, o ambiente estava cheio de poluição visual. Nas caixas organizadoras e nas embalagens dos produtos havia tantos desenhos, palavras e cores que pareciam saltar em cima de mim. Aquela sobrecarga de informações estava deixando o ambiente "barulhento". Quando vemos palavras escritas, nosso cérebro as recebe como informação a ser decifrada, e isso cria agitação mental.

Aprendi com a experiência que espaços que soam "barulhentos", apesar de aparentemente arrumados, em geral estão transbordando de informações desnecessárias. Então, comece removendo os adesivos e rótulos dos artigos que usa para organizar suas coisas. Isso é tão importante quanto remover as etiquetas das roupas novas para lhes dar as boas-vindas. Retire o plástico que cobre as embalagens. Espaços que estão fora de vista também fazem parte da casa. Ao eliminar o excesso de informação visual, você deixa o ambiente mais tranquilo e confortável. A diferença é tão impressionante que seria uma pena não tentar.

Valorize o que você tem

Um dos deveres de casa que dou aos meus clientes é que procurem valorizar o que possuem. Por exemplo, ao pendurar as roupas depois de um dia de trabalho, eu os incentivo a dizer: "Agradeço por ter me aquecido o dia inteiro." Ou então, ao tirar os acessórios, sugiro que digam: "Agradeço por terem me embelezado." Expresse gratidão por todos os objetos que o ajudaram ao longo do dia. Se acha difícil fazer isso todos os dias, pelo menos faça-o sempre que puder.

Frequentemente tomamos conhecimento de atletas que cuidam de seu equipamento com carinho, tratando-o quase como se fosse sagrado. Acredito que, de alguma forma, eles captam o poder desses objetos. Se tratássemos os utensílios do nosso dia a dia – seja o computador, a bolsa ou o celular – com a mesma reverência com que os atletas tratam seu equipamento, teríamos um enorme ganho.

Ainda que não tomemos consciência disso, nossos pertences trabalham duro por nós, desempenhando seus respectivos papéis todos os dias para nos ajudar. Da mesma forma que gostamos de chegar em casa e relaxar, nossas coisas suspiram de alívio ao voltar para o lugar a que pertencem. Dá para notar a diferença: quando tratamos nossos pertences com gratidão, eles duram mais e se tornam mais vibrantes.

Cuidar das nossas coisas com carinho é a melhor forma de motivá-las a nos ajudar. Por essa razão, de vez em quando me questiono se a maneira como as organizo está deixando-as felizes. Afinal de contas, arrumar é a arte sagrada de escolher um lar para os meus pertences.

CAPÍTULO 5

A MÁGICA DA ORGANIZAÇÃO TRANSFORMA SUA VIDA

Coloque a casa em ordem e descubra o que realmente quer fazer

A primeira tarefa oficial que recebi na educação infantil foi "organizar". Lembro-me desse dia como se fosse hoje. Todos torceram para serem designados para alimentar os animais da escola ou regar as plantas, mas quando a professora perguntou quem queria ser o responsável pela organização da sala de aula, ninguém além de mim levantou a mão. Como você já leu os capítulos anteriores, deve imaginar que eu passava os dias feliz da vida organizando a sala, os armários e as prateleiras.

Quando conto essa história, as pessoas costumam dizer: "Você é muito sortuda por ter descoberto o que queria fazer tão cedo." Na verdade, só recentemente compreendi meu gosto pela organização. Nunca tinha me dado conta de que esse era um traço importante para mim. Eu havia esquecido da felicidade que senti ao ficar responsável pela arrumação na época da escola. Quinze anos depois, essa lembrança me veio à cabeça enquanto arrumava meu quarto. Foi então que tomei consciência de que tinha interesse nessa área desde a infância.

Procure se lembrar da época da escola e das coisas que gostava de fazer. Talvez você gostasse de desenhar, de cuidar dos animais, de escrever. Seja o que for, são grandes as chances de que tenha alguma coisa a ver com o que você faz atualmente. Em essência, as coisas de que gostamos não mudam com o passar do tempo. Colocar a casa em ordem é uma excelente forma de descobrir quais são nossas paixões.

Uma das minhas clientes era minha amiga desde a época da faculdade. Logo que se formou, foi trabalhar numa grande empresa de TI. Quando ajudei-a a organizar a sua casa, ela enfim descobriu o que realmente amava fazer. Ao terminar a arrumação, ela olhou para a estante e percebeu que só tinham ficado os livros sobre bem-estar social. Os livros que havia comprado para aperfeiçoar suas habilidades administrativas após entrar no mercado de trabalho tinham sido descartados. Olhando para aquilo, lembrou-se do serviço voluntário de babá que fizera muitos anos antes e percebeu que desejava contribuir para a construção de uma sociedade em que as mães pudessem trabalhar sem se preocupar com os filhos. Tomando consciência de sua paixão pela primeira vez, dedicou o ano seguinte a estudar serviço social, depois pediu demissão e abriu uma empresa de serviços de babá.

"Quando coloquei a casa em ordem, descobri o que queria fazer de verdade." Ouço estas palavras com incrível frequência. Para a maioria dos meus clientes, a experiência de organizar o lar resulta num envolvimento maior com seu trabalho. Alguns abrem o próprio negócio, outros mudam de emprego e ainda há os que aprofundam o interesse na profissão. Muitos deles também ficam mais envolvidos com a casa e a família. A consciência daquilo que amam aumenta, o que resulta numa vida muito mais estimulante.

Embora possamos conhecer a nós mesmos refletindo sobre nossas características e ouvindo o que as pessoas pensam de nós, acredito que a melhor ferramenta de autoconhecimento é a organização de nossas coisas. Afinal, nossos pertences descrevem com precisão o histórico das decisões que tomamos na vida. Organizar é um modo de fazer um inventário que nos faz ver aquilo de que realmente gostamos.

O efeito mágico da organização transforma a vida radicalmente

"Até hoje, eu achava que era importante fazer coisas que acrescentassem algo à minha vida, então frequentei cursos e estudei para aumentar meus conhecimentos. No entanto, por intermédio do seu curso sobre como organizar minha casa, compreendi que desapegar é mais importante do que acrescentar."

Este comentário foi feito por uma cliente de 30 e poucos anos que adorava estudar e tinha uma vasta rede de contatos. Sua vida mudou radicalmente depois do curso. Sua principal dificuldade foi abrir mão da imensa quantidade de cadernos onde fazia anotações sobre aulas e de apostilas que acumulara ao longo do tempo. Quando finalmente conseguiu se livrar deles, sentiu um peso saindo de suas costas. Após se desfazer de quase 500 livros que pretendia ler algum dia, conscientizou-se de que recebia informações novas todos os dias. Ao jogar fora uma quantidade gigantesca de cartões de visita, as pessoas que desejava encontrar começaram a lhe telefonar. Um dia ela comentou: "Para mudar de vida, organizar é muito mais eficiente do que o *feng shui.*"

Ela deixou o emprego e conseguiu realizar seu sonho, que era publicar um livro.

A organização transforma radicalmente a vida – isso é 100% válido para qualquer pessoa. O impacto desse efeito, que apelidei de "a mágica da arrumação", é fenomenal. Ainda hoje fico impressionada ao ver a grande reviravolta que meus clientes dão depois do curso.

A jovem que acabei de mencionar tinha sido desorganizada a vida inteira. Quando sua mãe viu o quarto dela livre da bagunça ficou tão impressionada que se inscreveu no meu curso também. Embora se considerasse organizada, a visão do quarto da filha a convenceu do contrário. O descarte passou a fazer parte de sua rotina e ela aguardava ansiosa as oportunidades de se desfazer das coisas.

"Antes, eu era muito insegura, vivia pensando que precisava mudar. Mas agora estou feliz por ser quem eu sou. Ao estabelecer um padrão claro para avaliar meus pertences, adquiri muita confiança em mim mesma", disse ela. De fato, um dos efeitos mágicos da organização é a segurança que adquirimos em relação à nossa capacidade de decisão. Para organizar é necessário segurar cada item nas mãos, indagar se ele lhe dá alegria e, com base nisso, decidir se irá mantê-lo ou não. Ao repetir esse processo centenas, milhares de vezes, aperfeiçoamos naturalmente essa habilidade. Quem não consegue tomar decisões em geral não tem confiança em si próprio. Sei disso por experiência própria. O que me salvou foi a organização.

Adquira confiança por meio da mágica da organização

Cheguei à conclusão de que minha paixão pela organização foi motivada pelo desejo de reconhecimento dos meus pais e pelo complexo que tinha em relação à minha mãe. Sendo a filha do meio de três irmãos, não recebi muita atenção a partir dos 3 anos de idade. É claro que meus pais não faziam de propósito, mas eu não conseguia deixar de me sentir espremida entre meu irmão mais velho e minha irmã caçula.

Como já contei, meu interesse pelas tarefas domésticas e pela organização começou quando eu tinha 5 anos. Acredito que, do meu jeito, eu estava tentando não causar problemas para meus pais, que claramente estavam ocupados com meus irmãos. Entendi muito cedo a necessidade de evitar depender de quem quer que fosse, mas queria que eles me notassem e me elogiassem.

Desde criança, era eu quem colocava o despertador para acordar todo mundo em casa. Não gostava de contar com ninguém, desconfiava de todos e tinha dificuldade de expressar meus sentimentos. Como passava a maior parte do tempo sozinha, fazendo arrumações, não é difícil concluir que eu não era muito extrovertida. Ainda hoje prefiro fazer as coisas desacompanhada, inclusive viajar e fazer compras. É algo natural para mim.

Minha dificuldade de me relacionar e criar vínculos fez com que eu me apegasse exageradamente às coisas. Acho que justamente porque não me sentia à vontade para demonstrar minhas fraquezas e minhas emoções, meu quarto e meus pertences eram muito valiosos para mim. Ali eu não tinha de fingir nem precisava esconder nada. Foram os bens materiais e a minha casa que me ensinaram sobre o amor e a segurança. Confesso que às vezes ainda me sinto insegura e inadequada.

Tenho, contudo, confiança no meu ambiente. Quando se trata dos meus pertences, das roupas que visto e da casa em que moro, sou confiante e profundamente grata. Hoje estou rodeada apenas por aquilo que realmente amo – sejam coisas ou pessoas –, pois aprendi a selecionar somente o que é especial. Meu objetivo é fazer com que pessoas como eu compreendam quanta força podem receber do ambiente em que vivem. É por isso que dedico meu tempo ensinando-as a organizar suas casas.

Apego ao passado ou ansiedade com o futuro

"Descarte tudo o que não lhe dá alegria." Se você tentou aplicar esse método pelo menos um pouco, já entendeu que não é tão difícil identificar as coisas que inspiram felicidade. Assim que as toca, você sabe a resposta. A dificuldade está em decidir o que descartar. Encontramos todo tipo de desculpa para não nos desfazermos dos objetos, como "Não usei este pote este ano, mas acho que ele pode ser útil em algum momento" ou "Eu adorava este colar. Foi meu namorado que me deu". Mas, quando realmente nos aprofundamos nas razões que nos levam a não conseguir desapegar, descobrimos que elas resumem-se a duas: apego ao passado ou medo do futuro.

Durante o processo de seleção, se encontrar algo que não lhe traz alegria, mas que você não consiga descartar, pare um momento e reflita: "Estou tendo dificuldade em me livrar disto por apego ao passado ou por temer o futuro?" Repita a pergunta sempre que essa situação surgir.

Com o tempo, a relação que você tem com seus pertences vai seguir um padrão, que se enquadrará em uma dessas três categorias: apego ao passado, desejo de estabilidade no futuro ou a combinação de ambos. É importante entender o seu padrão porque ele é uma expressão dos valores que norteiam sua vida. A decisão sobre que objetos você quer manter é, na realidade, uma definição sobre que tipo de vida deseja viver. O apego ao passado e o medo do futuro governam não só o modo como você escolhe seus pertences, mas também como você se relaciona com as pessoas e o trabalho.

Uma mulher muito ansiosa quanto ao futuro tende a escolher um namorado mais porque ele lhe dá sensação de segurança do que por amor. Da mesma forma, ela prefere o emprego numa empresa que ofereça mais estabilidade, mesmo que não goste muito do trabalho.

Por outro lado, uma mulher com forte apego ao passado não consegue voltar a se relacionar porque não esquece o ex-namorado que a deixou. Ela também é fechada para testar novos métodos, já que o atual funcionou razoavelmente até o momento.

Quando um desses padrões de pensamento atrapalha o descarte, não conseguimos enxergar o que realmente desejamos. Não temos certeza do que nos satisfaz nem do que buscamos. A consequência disso é que consumimos mais e ficamos soterrados em bens materiais. A melhor maneira de descobrir o que queremos de verdade é nos livrando daquilo que *não queremos*.

Todo esse processo pode ser doloroso. Ele nos força a confrontar nossas imperfeições e inadequações e a encarar as escolhas erradas que fizemos no passado. Várias vezes, ao avaliar minhas coisas, senti uma certa vergonha: as roupas que comprei na adolescência para parecer mais velha, embora não me caíssem bem; as bolsas que comprei porque gostei quando vi na vitrine, mas que não tinham a minha cara e nunca usei; e por aí vai. As coisas que possuímos são reais, existem aqui e agora como resultado de escolhas do passado. É um erro ignorá-las ou descartá-las como forma de negá-las. Somente quando encaramos nossos pertences um a um e experimentamos os sentimentos que provocam é que podemos definir nossa relação com eles.

Há três maneiras possíveis de lidar com nossos pertences: encará-los agora, algum dia ou evitá-los até a morte. A escolha é sua. Acredito piamente que é bem melhor encará-los agora. Se reconhecermos o apego ao passado e o medo do futuro ao analisar com sinceridade nossas coisas, conseguiremos enxergar o que é realmente importante. E isso vai nos ajudar a identificar nossos valores e a reduzir a dificuldade de tomar decisões. Se nos lançarmos com entusiasmo nesse movimento sem deixar que os receios nos travem, poderemos conquistar muito mais. Assim, quanto mais cedo confrontarmos o passado, melhor. Se pretende colocar a casa em ordem, comece agora.

Aprenda que você pode viver sem

Assim que se lançam para valer na organização, as pessoas enchem sacos e mais sacos de lixo com objetos para jogar fora ou doar. O recorde até agora pertence a um casal que encheu 200 sacos – isso sem contar com os objetos grandes demais que não couberam dentro deles. A quantidade média descartada por uma só pessoa chega facilmente a 30 sacos de lixo de 45 litros; no caso de uma família de três integrantes, cerca de 70 sacos. Apesar desses números exorbitantes, meus clientes não sentem falta de nada no dia a dia. E a razão é bem clara: desfazer-se de coisas que não dão alegria não provoca efeitos colaterais. Tudo o que fica é a certeza de que estavam cercados de coisas desnecessárias.

Não estou dizendo que meus clientes nunca se arrependeram de se desfazer de algo. Longe disso. É natural que aconteça algumas vezes ao longo do processo de organização, porém não se deixe afetar por isso. Seja prático. E se você precisar de um documento que jogou fora? Bem, para começo de conversa, você já sabe que não tem mais aquele documento porque reduziu consideravelmente a quantidade de papel, portanto o estresse envolvido na procura não irá existir. Então mude o foco e comece a pensar no que fazer. Encontrada a solução, aja. Não fique lamentando nem sofrendo. Na maioria das vezes, o problema é menor e bem mais fácil de resolver do que imaginávamos.

Mesmo quando se arrependem de uma escolha, meus clientes não se queixam. Tendo desenvolvido uma nova postura ao longo do processo, eles não culpam ninguém pelos seus erros. Sabem que decidiram com base em suas convicções, portanto assumem seus atos, mesmo quando se enganam.

Selecionar e descartar seus pertences é um processo contínuo de tomada de decisões baseadas nos próprios valores. O ato de descartar aprimora a capacidade de decidir. Não é uma pena perder a oportunidade de aperfeiçoar essa habilidade apenas para acumular coisas? Quando vou à casa dos clientes nunca jogo nada fora. Esse trabalho é deles. Se eu escolhesse em seu lugar, não haveria sentido em organizar a casa. É o ato de analisar peça a peça que muda nossa mentalidade.

Você cumprimenta sua casa?

A primeira coisa que faço ao visitar um cliente é saudar a casa. Ajoelho-me no chão, no centro da casa, e dirijo-me a ela mentalmente. Apresento-me e peço que me ajude a criar um ambiente onde aquela família possa ser mais feliz. É um ritual silencioso que leva apenas dois minutos, mas arranca olhares de espanto.

Dei início a este ritual inspirada pelas regras de etiqueta de adoração dos santuários xintoístas. Não me recordo exatamente quando comecei, porém acredito que o fiz ao constatar a tensão e a expectativa que pairam no ar quando um cliente abre a porta, que tornam a atmosfera semelhante à de um recinto sagrado.

Quando me visto para trabalhar, não uso roupas esportivas nem informais: escolho um vestido e um blazer. De vez em quando coloco um avental. Alguns clientes temem que eu possa estragar minha roupa, mas não me preocupo com isso. Estar bem-arrumada é meu jeito de demonstrar respeito pela casa e por seu conteúdo. Acredito que a organização é uma celebração, uma despedida especial das coisas que deixarão o local – portanto, tenho que estar vestida à altura da ocasião. Essa postura acelera o processo e elimina as dúvidas, fazendo tudo fluir com tranquilidade. Sinto como se a casa me dissesse como ela deseja ser organizada.

Talvez você não acredite que é capaz de fazer isso, achando que só um profissional pode "ouvir" o que o ambiente diz. Mas, na verdade, o dono é quem melhor consegue entender o que seu lar está dizendo. À medida que as aulas avançam, os clientes começam a ver claramente o que devem descartar e qual o lugar natural das coisas, e então a organização prossegue de forma bem mais rápida. Existe uma estratégia que aprofunda essa comunicação: cumprimente sua casa sempre que entrar nela. Esta é a primeira lição que dou aos meus clientes. Assim como cumprimenta seus familiares e seus animais de estimação, faça o mesmo com a casa quando chegar da rua. Se esquecer ao passar pela porta, logo que lembrar, diga: "Agradeço por me dar abrigo." Se ficar constrangido de falar em voz alta, não há problema em dizer apenas mentalmente.

Se fizer isso constantemente, vai começar a captar o prazer de sua casa como se fosse uma brisa suave. Estabeleça um diálogo com ela durante a organização. Sei que pode parecer difícil colocar isso em prática, mas vale a pena tentar.

Organizar, em essência, deveria ter como objetivo restaurar o equilíbrio entre as pessoas, seus pertences e a casa onde moram. Métodos tradicionais de organização, todavia, tendem a colocar o foco unicamente na relação entre as pessoas e seus objetos, sem prestar atenção à residência. Eu, no entanto, tenho plena consciência do papel que a casa desempenha no bem-estar de seus ocupantes. Ela está sempre lá, esperando você voltar para casa e pronta para lhe oferecer abrigo e proteção. Você não encontrará ninguém mais generoso e acolhedor. Organizar a casa é sua oportunidade de expressar gratidão por ela e por tudo o que ela faz por você.

Seus objetos querem ajudar você

Todos os dias visito casas e analiso seu conteúdo. Os objetos e o modo como estão organizados nunca são iguais, porém há uma coisa que todos eles têm em comum: o desejo de serem úteis a você. Se pararmos para pensar no que nos liga às coisas que possuímos ficaremos impressionados. Imagine uma camiseta, por exemplo. Ainda que seja produzida em uma fábrica junto com centenas de outras iguais, aquela camiseta em particular que você comprou e levou para casa num dia específico é única. O destino que nos conduziu a cada um dos nossos pertences é tão precioso e sagrado quanto o que nos conectou às pessoas que fazem parte de nossa vida. Existe um motivo para cada objeto ter chegado até você.

Tudo o que você possui quer lhe ser útil. Ainda que você jogue o objeto fora ou o queime, sua energia permanecerá. Assim, ao descartar algo, não suspire e diga "Puxa, nunca usei isto" ou "Desculpe-me por nunca ter vestido você". Em vez disso, despeça-se com alegria, com palavras como "Agradeço por ter me encontrado" ou "Desejo que faça uma bela jornada daqui em diante!".

O espaço onde você mora afeta seu corpo

Muitos clientes comentam que perderam peso depois que terminaram o processo de organização. É um fenômeno estranho; quando reduzimos o volume de objetos que possuímos e fazemos uma "desintoxicação" na casa, ocorre um efeito "detox" no corpo também.

Quando passamos um dia trabalhando duro na arrumação da casa, eliminando tudo o que é desnecessário, o corpo reage como se tivesse passado por um breve jejum. Isso pode resultar em diarreia ou no surgimento de espinhas. Não há nada de errado nisso, o corpo apenas está se livrando de toxinas que acumulamos ao longo de anos e logo voltará ao normal – e às vezes ficará até melhor. É claro que não posso afirmar que você vai perder peso ou ficar com a pele mais bonita, mas isso não chega a ser totalmente falso. Não posso mostrar fotografias do antes e depois dos clientes, mas testemunhei mudanças incríveis na aparência de muitos deles. Ficaram mais esbeltos e o olhar ganhou mais brilho.

Quando comecei a trabalhar, fiquei intrigada com esse fato. No entanto, acabei compreendendo que isso não tem nada de estranho. Vejo da seguinte forma: quando organizamos a casa, o ar que circula nela fica mais limpo e fresco, mas a sujeira aparece mais, portanto, fazemos faxina mais vezes. Como eliminamos a bagunça, fica bem mais fácil limpar, logo o fazemos com mais frequência. O ar mais puro no ambiente faz bem à pele. Fazer faxina envolve gasto calórico, o que leva ao emagrecimento e a uma melhor forma. E quando o ambiente está em ordem, ganhamos tempo para fazer as coisas que realmente nos dão prazer.

Entendo, contudo, que a principal razão que leva a organização da casa a ter esse efeito é que, por intermédio desse processo, as pessoas passam a conhecer o contentamento. Inúmeros clientes relataram que seu desejo de adquirir bens materiais diminuiu. No passado, nunca ficavam satisfeitos e sempre queriam coisas novas; depois de selecionar e manter somente o que adoravam, passaram a sentir que tinham tudo de que precisavam.

Acumulamos coisas pelo mesmo motivo que comemos – para satisfazer um desejo. Comprar por impulso, comer e beber em excesso são tentativas de aliviar o estresse. Observando meus clientes, verifiquei que, ao se desfazerem do excesso de roupas, perdem volume no abdômen; quando descartam livros e documentos, raciocinam com mais clareza; quando reduzem o número de cosméticos e organizam a bancada da pia, a pele fica mais iluminada e macia. Embora não haja uma base científica para esta teoria, é interessante ver que a parte do corpo que reage corresponde exatamente à área que foi colocada em ordem. Não é maravilhoso que a organização possa aumentar sua beleza e contribuir para que você tenha um corpo mais saudável e elegante?

A organização aumenta a sorte

Devido à popularidade do *feng shui*, muitos me perguntam se organizar a casa lhes trará sorte. É esse desejo que desperta o interesse de muitos pela arrumação. Não sou especialista, mas estudei o básico como parte da minha pesquisa sobre como organizar os ambientes e costumo aplicar alguns conceitos da sabedoria do *feng shui*. Quando coloco roupas na gaveta, por exemplo, eu as arrumo de acordo com a cor, formando um dégradé, das mais claras para as mais escuras. A ordem certa é posicionar as roupas mais claras na parte da frente da gaveta e avançar gradualmente para as cores mais escuras até o fundo. Não sei se isso traz sorte ou não, mas quando as roupas são arrumadas dessa forma é muito agradável de se olhar. Por algum motivo, visualizar as roupas mais claras na frente tem um efeito calmante. Se o ambiente ficou mais confortável depois da organização, você não diria que sua sorte melhorou?

Os conceitos que norteiam o *feng shui* são as forças opostas do yin e yang, bem como os cinco elementos (metal, madeira, água, fogo e terra). O princípio básico é que tudo tem sua própria energia e cada coisa deve ser tratada de acordo com suas características específicas, o que me parece perfeitamente natural. Essa filosofia, na verdade, consiste em viver em consonância com as regras da natureza – e o objetivo do meu método de organização é exatamente o mesmo. Para mim, o real propósito da organização é viver no estado mais natural possível. Não considero natural guardar coisas que não me trazem alegria.

Ao colocar a casa em ordem, passamos a ficar cercados apenas daquilo que realmente nos importa. Se isso é sorte, estou convencida de que esta é a melhor maneira de atraí-la.

Como identificar o que é realmente valioso

Às vezes, quando um cliente conclui o processo de seleção, pego alguns itens da pilha do que será mantido e pergunto novamente: "Esta camiseta, este suéter... eles realmente lhe dão alegria?"

Com um olhar de espanto, o cliente responde: "Como você sabia? São exatamente as coisas que estava em dúvida se deveria manter ou não."

Eu sei porque observo os clientes enquanto estão escolhendo – a forma como seguram a peça, o brilho nos olhos ao tocá-la, a velocidade com que decidem. Quando é algo que lhes dá alegria, a decisão costuma ser instantânea, seguram a peça com delicadeza e os olhos faíscam. A reação é claramente diferente quando estão na dúvida: inclinam a cabeça, franzem o cenho, apertam os lábios. Após refletir por alguns instantes, jogam a peça na pilha do que será mantido com certa hesitação. A alegria se manifesta no corpo, e esses sinais físicos não me escapam.

Para ser sincera, consigo perceber quando uma peça de roupa está "na pilha errada" mesmo sem acompanhar a arrumação. Antes de visitar a casa, dou uma aula sobre o Método KonMari. Então, quando vou conhecer o local pessoalmente, a pessoa já deu início à arrumação.

Uma de minhas melhores alunas já havia descartado 50 sacos de lixo quando fui à sua casa pela primeira vez. Orgulhosa, abriu as gavetas e o armário, e disse: "Não há mais nada para tirar daqui!" O quarto estava muito diferente do que eu tinha visto nas fotos que ela me mostrara. O suéter que estava largado sobre a cômoda agora estava dobrado cuidadosamente e guardado, e os vestidos que estavam apinhados no varão do armário estavam bem espaçados. Ainda assim, peguei uma jaqueta de couro marrom e uma camisa bege. Não havia nada nelas que as diferenciasse das demais peças. Ambas estavam em bom estado e pareciam já ter sido usadas.

– Estas peças realmente lhe dão alegria? – indaguei.

A expressão em seu rosto mudou na hora.

– Adorei o modelo dessa jaqueta, mas eu queria mesmo uma preta. Não tinha preta do meu tamanho, então resolvi comprar a marrom mesmo.

– E a camisa?

– Gostei tanto do modelo e do tecido que comprei duas. Usei uma delas até não poder mais, e aí, por algum motivo, não tive mais vontade de usar a outra.

Eu nunca tinha visto como ela tratava essas peças nem sabia nada sobre as circunstâncias da compra. Tudo o que fiz foi observar atentamente as roupas penduradas no armário. Ao examinar as coisas de perto, aprendemos a discernir se são motivo de alegria para seu dono. Quando uma mulher está apaixonada, ela muda visivelmente, irradiando energia e vivacidade. Da mesma forma, objetos que são tratados com carinho têm uma aura diferente. É por isso que basta dar uma olhada para saber se um objeto traz alegria de verdade. A emoção genuína da alegria está no corpo e nos pertences, logo não pode ser escondida.

Estar rodeado de coisas que dão alegria traz felicidade

Todos têm coisas que adoram, das quais não imaginam se separar, ainda que os outros não compreendam por quê. Encontro coisas espantosas pelas quais meus clientes são apaixonados – um conjunto de dedoches com um olho só; um despertador enguiçado em forma de personagem de desenho animado; uma coleção de tocos de madeira desgastados pelo mar. Quando pergunto se essas coisas realmente inspiram alegria, a resposta é sempre um enfático "Sim!". Não há como discutir com esse olhar confiante. Até porque eu mesma tenho uma peça dessas.

O objeto do meu apego é uma camiseta velha com a estampa do Kiccoro, um monstrinho verde-limão que foi mascote de um evento sobre ecologia no Japão. Uso-a em casa o tempo todo e não consigo me desfazer dela, mesmo que me ridicularizem. Costumo me vestir de forma bem feminina, mas abro uma exceção para ela. Tenho essa camisa há quase 10 anos. Mas, como ainda está em perfeitas condições, não encontro nenhuma desculpa para descartá-la.

Esse é o tipo de coisa a que você pode se apegar sem medo. Se você consegue afirmar sem hesitar "Gosto muito disto!", não interessa o que os outros digam. Não sei se eu gostaria que alguém me visse com minha camiseta do Kiccoro, mas eu a mantenho com convicção, pela alegria que me proporciona.

Não consigo imaginar felicidade maior na vida do que estar cercada pelas coisas que adoro. Para alcançar esse estágio, tudo o que você tem a fazer é livrar-se daquilo que não lhe faz se sentir assim. Não existe forma mais simples de felicidade. Que outro nome se poderia dar ao efeito causado pela organização que não "mágica da arrumação"?

A vida começa de verdade depois que se põe a casa em ordem

Embora este livro seja todo sobre organização, sei que organizar não é uma necessidade. Você não vai morrer se sua casa estiver bagunçada, e, sinceramente, muita gente nem liga para isso. Essas pessoas jamais estariam com este livro nas mãos. Mas você está. Então seu desejo provavelmente é mudar sua situação atual, recomeçar, melhorar seu estilo de vida, ser mais feliz. Por esse motivo, asseguro-lhe que você irá conseguir. No momento em que escolheu este livro com a intenção de organizar sua casa, deu o primeiro passo. Se o leu até aqui, sabe o que precisa fazer agora.

Se você acha que deve arrumar a casa um pouco a cada dia, se acha que terá de fazer isso para o resto da vida, chegou a hora de despertar. Todo esse processo pode ser completado em pouco tempo, seguindo uma etapa depois da outra, sem muito intervalo entre elas. De vez em quando, dê uma olhada na casa novamente e faça novas sessões de descarte. E acabou. Dedique seu tempo e seu entusiasmo às coisas que lhe dão prazer. Estou convencida de que colocar a casa em ordem ajudará você a encontrar a missão que realmente toca seu coração. A vida começa depois que a casa está em ordem.

Posfácio

Escrevi este livro porque queria compartilhar meu método com o maior número possível de pessoas. A emoção profunda que sinto ao dispensar coisas que cumpriram sua função, a felicidade intensa de descobrir o lugar perfeito para um objeto e, acima de tudo, sentir o ar puro e fresco que preenche um ambiente que acabou de ser colocado em ordem são coisas que transformam um dia comum, sem nenhum acontecimento especial, em um dia esplendoroso.

Gostaria de aproveitar esta oportunidade para agradecer a todos aqueles que me deram apoio para escrever este livro, já que tudo o que sei fazer é organizar - Sr. Takahashi, da Sunmark Publishing, minha família, meus pertences, minha casa. Torço para que, por intermédio da mágica da arrumação, mais pessoas possam experimentar a alegria e a satisfação de viver cercadas apenas pelas coisas que amam.

Marie Kondo (KonMari)

CONHEÇA OS CLÁSSICOS DA
EDITORA SEXTANTE

1.000 lugares para conhecer antes de morrer, de Patricia Schultz

A História – A Bíblia contada como uma só história do começo ao fim, de The Zondervan Corporation

A última grande lição, de Mitch Albom

As 25 leis bíblicas do sucesso, de William Douglas e Rubens Teixeira

Conversando com os espíritos e *Espíritos entre nós*, de James Van Praagh

Desvendando os segredos da linguagem corporal e *Por que os homens fazem sexo e as mulheres fazem amor?*, de Allan e Barbara Pease

Enquanto o amor não vem, de Iyanla Vanzant

Faça o que tem de ser feito, de Bob Nelson

Fora de série – Outliers, de Malcolm Gladwell

Jesus, o maior psicólogo que já existiu, de Mark W. Baker

Mantenha o seu cérebro vivo, de Laurence Katz
e Manning Rubin

Mil dias em Veneza, de Marlena de Blasi

Muitas vidas, muitos mestres, de Brian Weiss

Não tenha medo de ser chefe, de Bruce Tulgan

Nunca desista de seus sonhos e *Pais brilhantes, professores fascinantes*, de Augusto Cury

O monge e o executivo, de James C. Hunter

O poder do Agora, de Eckhart Tolle

O que toda mulher inteligente deve saber, de Steven Carter
e Julia Sokol

Os segredos da mente milionária, de T. Harv Eker

Salomão, o homem mais rico que já existiu, de Steven K. Scott

Transformando suor em ouro, de Bernardinho

INFORMAÇÕES SOBRE A SEXTANTE

Para saber mais sobre os títulos e autores
da EDITORA SEXTANTE,
visite o site www.sextante.com.br
e curta as nossas redes sociais.
Além de informações sobre os próximos lançamentos,
você terá acesso a conteúdos exclusivos
e poderá participar de promoções e sorteios.

www.sextante.com.br

facebook.com/esextante

twitter.com/sextante

instagram.com/editorasextante

skoob.com.br/sextante

Se quiser receber informações por e-mail,
basta se cadastrar diretamente no nosso site
ou enviar uma mensagem para
atendimento@sextante.com.br

Editora Sextante
Rua Voluntários da Pátria, 45 / 1.404 – Botafogo
Rio de Janeiro – RJ – 22270-000 – Brasil
Telefone: (21) 2538-4100 – Fax: (21) 2286-9244
E-mail: atendimento@sextante.com.br